Bienvenido a la patria

y otros cuentos ausentes

I0548143

Víctor Manuel Ramos

Ediciones Arrebol

Ediciones Arrebol.
P.O. Box 20365, Huntington Station, N.Y. 11746.
Estados Unidos de América.
Copyright © Víctor Manuel Ramos, 2022.
vmramos.com

Bienvenido a la patria y otros cuentos ausentes.
Primera edición (1.5), 2022-2023.

ISBN-13: 978-1-7334309-0-6
Library of Congress Control Number: 2022915319

Víctor Manuel Ramos es un escritor y periodista bilingüe radicado en Nueva York. Originario de Santiago de los Caballeros, República Dominicana, reside desde su adolescencia en Estados Unidos. Su ficción, escrita en español e inglés, da voz a personajes fuera de la narrativa oficial, según estos atraviesan paisajes que encarnan estados anímicos y condiciones heredadas; de esta manera, su narrativa explora la complejidad y adaptabilidad del individuo ante fuerzas mayores en tramas que, dentro de su enfoque de corte mayormente realista, admiten la posibilidad de lo trascendente. Ganó en 2010 el Primer Certamen Literario de la Academia Norteamericana de la Lengua Española por su novela *La vida pasajera*. También es autor de *Morirsoñando: Cuentos agridulces, 1998-2008*. Su ficción ha sido publicada en medios literarios de Estados Unidos, Inglaterra y España. Ramos ha sido premiado por su labor periodística, desempeñándose como redactor y editor en importantes medios noticiosos de Estados Unidos.

—¿Y está acabado? —preguntó don Quijote.

—¿Cómo puede estar acabado —respondió él—, si aún no está acabada mi vida? Lo que está escrito es desde mi nacimiento hasta el punto que esta última vez me han echado en galeras.

Miguel de Cervantes Saavedra,
Don Quijote de la Mancha, 1.ª parte,
cap.º XXII.

Los cuentos

Carrusel

Versión en inglés publicada
el 1 de mayo de 2016
en Hiedra Magazine.

¿Qué no daría Diego por ser ese niño otra vez, caminar las calles del viejo barrio, los zapatos empañados por una capa de polvo, las suelas doblándose sobre la superficie desigual de las piedras dispersas, los ojos mirando al horizonte, donde una montaña distante parecía crecer cuando él retrocedía y se encogía cuando iba hacia ella? Como aquella vez que su madre lo llamaba, el aire reventándose con las sílabas de su nombre, su voz diciendo: *¿Dónde estás, muchacho, no sabes que necesito que tengas la ropa limpia para este paseo?* Ella se arrimó a la puerta en vestido de una pieza de repetidos patrones geométricos, que se ponía cuando tenía que ir a la ciudad, líneas negras sobre un fondo turquesa, las formas de sus costuras sostenidas por un fino cordón en la cintura. Apretaba un pequeño monedero donde llevaba finos rollos de pesos que olían al sudor de otras gentes.

Diego la siguió esa tarde por la subida. Él estudiaba las piedras disparejas bajo sus pasos, algunas partidas de maneras violentas, y alzó la vista para notar los bloques de cemento sin pintar que demarcaban las orillas de los patios. El cielo era una amalgama distante de azules tenues y grises donde la luz prevalecía sobre todas las tonalidades. Las paredes que daban a la calle lucían nuevas pieles de grafiti política que exhibían las amplias sonrisas posterizadas de los políticos de turno, vanagloriándose con lemas como "Si yo gano, todos ganamos" y "Unidos triunfaremos", y por ese camino llegaron a la bajada que conectaba a la transportación pública. Iban a la feria anunciada por semanas en los programas de radio matutinos, y Diego anticipaba atracciones motorizadas, animales exóticos y viejos payasos harapientos, imperturbables tras sus caras pintadas.

Al llegar, Diego siguió a su madre hasta una caseta, donde ella le preguntó a un hombre de grueso bigote a cuánto eran las taquillas. El hombre apuntó a un letrero pegado al exterior de la caseta, sin ganas de hablar. Ella preguntó otra vez. Miraba a la distancia mientras el dependiente explicaba de mala gana. Dijo después que le diera ocho taquillas.

Esos eran los días en que Diego tomaba de la mano a su madre para no separarse en las multitudes. Llegaron poco a poco hasta donde estaban los animales cercados, y se detuvieron por largo rato a mirar unos bueyes fornidos y unas vacas sebosas, importunados por las moscas. Los animales les correspondieron la mirada con lagrimosos ojos llenos de vergüenza.

Ella le dijo a Diego que se entretuviera mirándolo todo antes de meterse a hacer cola para alguna de las atracciones, porque solamente tenía taquillas para unas cuantas. Le aconsejó que se asegurara de escoger la mejor de todas.

Eso fue fácil. Él quería montar los carros cho-cones.

La espera fue más larga que el tiempo que le tomó a Diego encontrar su carro, abrocharse el cinturón y manejar de golpe contra otro carro con-trolado por una niña muy gorda que estaba estan-cada en el centro de la pista. Otros se estrellaron contra ellos desde varias direcciones. En adelante, solamente podían dar tumbos de un lado a otro mientras el tiempo corría y se desgastaba. Cuando se acabó el turno, Diego se quedó en su carro para completar otra tanda y, tan pronto unas chispas azules anunciaron la activación de la pista, aceleró por las orillas, evitando otros choques hasta que cortaron nuevamente la electricidad.

Diego se subió luego para unas vueltas sobre un tonto carrusel porque era la única atracción que aceptaba entrada por las dos taquillas que le quedaban. Se encaramó sobre un afeminado caba-llo en madera laqueada, cuyo único truco era res-balar hacia arriba y abajo en un poste de metal, meciéndose sin ningún apuro. Se agarró de las orejas y cabalgó hacia el lado trasero de la rueda, de donde emergió otra vez a la vista de los adultos que miraban, como el ganado, desde atrás de las barricadas. Hacia arriba y hacia abajo fue, vueltas y más vueltas, y alcanzó a ver a su madre crecer y encogerse como la montaña.

Práxedes

Versión en inglés publicada
en junio 2017 en Apogee Journal.

Los adultos nos contaban estas historias: de hombres y mujeres cuyas pieles se habían tornado gruesas y habían sido estiradas y distendidas sobre mejillas que intimaban sonrisas y sollozos, gozo y sufrimiento. Juraban que los habían perseguido galipotes —diabólicos canes con el poder de la transfiguración que moraban en la penumbra. En palabras susurradas hablaban de haber sido acosados por esas bestias, de las que se sabía que hacían presa de cuerpos jóvenes para consumir su sangre, al atravesar senderos oscuros. Hablaban de orar hasta que se fueran, siendo la fe su única arma contra la desesperación, y de oír pasos de una horda que huía.

Yo había conocido un hombre que juraba ser él mismo un galipote. Era un mendigo vestido en pantalones a tiras y en cuya cara existía en suspenso una trágica sonrisa de dientes cariados. Cuando se transformaba gustaba de correr en cuatro patas y desgarrar la carne con afilados colmillos. Era un poder sobrenatural dado a él por el Señor —cuál Señor no me molesté en preguntar— para compensar su vida de vagar descalzo y dormir en sitios en construcción en traicioneras noches de aguaceros torrenciales en la larga temporada de lluvias.

Yo podía ver su vena yugular queriendo explotar mientras él bramaba, emocionado porque yo le compartía lo que me quedaba del almuerzo escolar: "¡Este don te lo pueden dar a ti también!" Mis rodillas temblaban. "Imagínate", dijo, el brillo del sol reflejándose sobre su cara aceitosa. "Con este poder, podrías convertirte en un lagarto con cara hecha de cuero, un gran sapo de larga lengua, un perro salvaje y peludo que puede masticar cualquier hueso, y hasta un guaraguao para que puedas abrir tus grandes alas marrones así —y estiró sus flacos brazos, enseñando un pecho en el que uno podía contar cada costilla— y sobrevolar esas casas y ver sus techos oxidados y pensar en la gente pequeña que vive adentro, la gente pequeña".

"¿Cómo se puede hacer para que eso suceda?" le pregunté.

El hombre me miró con cara de preocupación.

"Dejas de ser tú mismo".

❈

Ella llegó a mi vida un día como cualquier otro, el aserrín flotando por el aire en una tarde clara, luz que cegaba. La directora, una pequeña mujer de lentes grandes y redondos, interrumpió la clase de historia de sexto grado, asomándose a la puerta con un muchacho y una muchacha que todavía no llevaban uniformes. La señorita Serena los invitó a entrar y detenerse ante el pizarrón, para entonces un tablón del color de la grama pisoteada.

Yo debí de estar bajo la influencia de una reciente discusión sobre esta o aquella guerra revolucionaria, en las subidas y bajadas de las lomas de aquella isla desahuciada, porque pensé en un paredón de fusilamientos —sus cuerpos tensos, brazos a los lados, las miradas tratando de evitar los rostros que miraban curiosos. Me daba cuenta de que el muchacho era el mayor de los dos, aunque era más bajo de estatura. Se veía la severidad en su cara, agrietada por nuevas y viejas erupciones de espinillas. Ella tenía un rostro limpio bajo trenzas castañas, y me pareció darme cuenta con tan solo verla de que no quería estar ahí. Yo tampoco.

La señorita Serena los había presentado, pero yo solamente alcancé a escuchar las últimas palabras que dijo: "… hermano y hermana que se tuvieron que mudar aquí y van a ser parte de esta clase. Por favor, démosle la bienvenida".

Ella preguntó sus nombres.

"Juan Bautista", dijo él.

La muchacha dijo algo entre dientes.

"Perdón, no oí bien".

"Práxedes".

"Nunca había oído ese nombre", dijo la señorita Serena.

7

Práxedes no se molestó en contestar o sonreír; su mirada seguía distante. Encima de nosotros un viejo abanico, sus alas manchadas de un aceite oscuro, siguió rechinando y acentuando el silencio. En el aserradero que quedaba cerca de la escuela las hojas de sierra atravesaban el corazón de la madera, que laceraba el aire con sus gritos.

"Muy bien, vamos a ponerlos al frente de ese escritorio por ahora".

Ella señaló en nuestra dirección hacia la izquierda del salón. Apolo y yo nos miramos, incrédulos ante nuestra suerte y conscientes a un nivel por debajo de las palabras de que nos odiaríamos a partir de ese momento. Estábamos en la primera fila de pupitres dobles, uno de esos escritorios de antaño cuya mesa era la parte trasera del pupitre de enfrente. La maestra dijo que los nuevos estudiantes tendrían que afincarse sobre sus piernas hasta que ubicaran una mesa para ellos, que en nuestro juicio era una promesa que nunca se cumpliría. Habíamos aprendido a no esperar mucho en un país de mandados pendientes, añoranzas irrealizables y héroes inexistentes. Quitamos nuestros bultos para hacerles espacio de todas maneras.

Yo quedé enamorado desde el momento en que ella volteó y preguntó si alguno de nosotros podía prestarle un lápiz —*Cualquier cosa para ella*, pensó mi yo de doce años. Yo temía y deseaba a Práxedes a igual medida. *Prá-xe-des*. Su nombre rodaba en mi mente como un hechizo. Apolo se apuró a buscar en los múltiples bolsillos de su mochila. Yo le di a ella el lápiz que sostenía sin pensarlo. Ella me sonrió y descubrí sus hoyuelos. El pico de viuda que daba forma a su expresión le añadía el tipo de intensidad que usualmente viene con la edad.

Volteé hacia Apolo.

"¿Me puedes prestar uno de tus lápices?"

Él me miró rabioso, y dijo que no.

Varios días después, Apolo y yo aceptamos la invitación a visitarlos. Vivían en la calle más empinada del vecindario, en una casa sin pintar, que había estado abandonada desde que ellos tenían memoria. Era el tipo de lugar por donde los niños temían caminar durante los apagones nocturnos y donde los perros viralatas iban a singar en las horas diurnas. Algunas veces jugábamos pelota en la calle próxima a esa propiedad y alguien bateaba en esa dirección, y la bola saltaba por encima de la cerca. Ninguno de nosotros quería ir a buscarla. Veíamos las yerbas crecidas, nos preocupábamos de la rabia territorial de los perros que perseguían alguna perra en calor y recordábamos esas historias sobre galipotes. Sabíamos que ese era el tipo de lugar que les gustaba: las yerbas, las sombras sugestivas bajo los árboles, la vieja casa abandonada, los animales callejeros —la evidente maldición de Dios sobre ciertas partes de la Tierra.

Esa trepidación ocupaba mi mente cuando Apolo y yo fuimos a verlos ese primer día. Encontramos a Juan Bautista doblado entre las yerbas, dando ramalazos con un machete para hacer espacio en un pedazo de tierra cerca de la entrada del solar. Se alegró de vernos y fue sin preguntar y buscó una azada para que pudiéramos ayudarle. Yo la sostuve primero y rasqué la tierra amarilla sin convicción. Juan Bautista hablaba de sus planes para el terreno, de cómo iba a tumbar un árbol para hacer que llegara más luz y de cómo plantaría esta o aquella otra cosa que pariría frutas comestibles, y Apolo y yo lo dejamos que hablara. El suyo era el único terreno a leguas que tenía espacio para cualquier cultivo en ese vecindario de pequeñas casas con fachadas triangulares, algunas con estrechos porches y, en la mayoría de los casos, divididas por callejones que estaban abarrotados de letrinas, duchas inoperables y lavaderos de ropa.

Después de un rato, Práxedes salió al patio y nos dio los saludos sonrientes que deseábamos. Todavía la puedo ver. Ella no era la chica típica, como aquellas que conocíamos de la escuela y que tenían ramas enflaquecidas por esqueletos; esas que pasaban tanto tiempo arreglándose el pelo, y que se veían como si se podrían quebrar en los brazos de un hombre. Ella era fuerte, hasta donde yo podía ver, y tenía varias facetas —una sonrisa que calentaba el corazón, pero a la vez un agotamiento que tarde o temprano destrozaba, fruto de una tristeza que ella no podía ocultar tras su belleza. Noté que sus manos estaban mojadas, y también lo estaba su falda, y podía oler el agua de jabón, y esto me hizo pensar de su cuerpo reluciente detrás de una cortina de baño, mientras la suave espuma se deslizaba sobre su piel. De haber podido convertirme en un sapo, pensé, me hubiera escondido, respirando agua, camuflajeado en la pared. El pensamiento me causó ansiedad.

Cuando ella estuvo cerca de nosotros, Apolo me arrancó la azada de las manos y dijo que yo lo estaba haciendo mal, y empezó a despedazar la tierra, sacando yerbas, desenterrando raíces y rocas, levantando una nube de polvo. Ella se rio al principio, pero había perdido el interés para cuando él emprendió un segundo surco de excavaciones. Yo intentaba pensar en algo que decir, pero un enredo de palabras apretujaba mi mente. Miré la curvatura de mis uñas y las líneas de la vida en mis palmas y seguí sin poder articular palabra alguna.

"No tienes una herramienta", me dijo ella. "¿Por qué no me acompañas?"

Yo alcancé a ver a Apolo sumergirse tras capas de polvo. Juan Bautista seguía diciéndole de su visión de mangos y piñas maduras y de jugosos tallos de caña que nacerían de esa tierra. Les di la espalda y vi la falda bailar con cada paso a través del sendero que iba desde la entrada trasera hasta la cocina. Ella me había escogido, como las víctimas suelen hacer.

El interior de la casa estaba sin pintar y la cocina se veía oscura porque las ventanas estaban muy elevadas y la luz que entraba en ángulo se quedaba allá arriba, rebotando desde los aleros hasta los surcos del techo de cinc gris. Ella agitó algo que tenía hirviendo sobre la estufa y retomó el cortar de ajíes rojos en una mesa cerca del fregadero. Se movía con agilidad de una tarea a la otra. En un pequeño radio sonaba un desorden de percusión y trompetas quejumbrosas.

Un canturreo de grillos caía como una membrana entre yo y la realidad en que Práxedes existía. Yo no estaba seguro si el ruido venía desde dentro de mi cabeza o si cien mil grillos estaban rozando sus alas en pleno día. Sentí que flotaba a la deriva, así que le pregunté por su madre para hablar de cualquier cosa.

"Trabajando".

"¿Y tu papá?"

"Casi nunca lo vemos. Es un hombre muy ocupado".

Ella tarareaba con el radio mientras cocinaba. Yo tenía la sensación de que ella me miraba desde los lados de la cara. Lo sentí entonces: Pensé que podía poseerla ahí mismo. Si solamente hubiese tenido la fuerza de voluntad.

"¿De dónde viene tu nombre?" pregunté.

Ella sonrió, y noté esos hoyuelos.

"Qué se yo. Deber ser de la Biblia".

Apolo y Juan llegaron mientras yo luchaba por encontrar más palabras. Apolo no había aguantado el trabajo en la tierra, y convenció a Juan de que le mostrara el interior de la casa. Apolo me miró y Juan Bautista la miró a ella y no estaba seguro de por qué ese silencio nos causó gracia, pero ella y yo nos reímos al mismo tiempo.

Las visitas se hicieron frecuentes. Yo terminaba la tarea y caminaba a la casa de Apolo, al subir la calle de la mía. Marchábamos hacia arriba por esa cuesta. Una vez allá, jugábamos, como lo hacen los niños, disparando balas imaginarias, haciéndonos de cuenta que éramos superhéroes, persiguiéndonos por los senderos de tierra y tirando bellugas cuando no quedaba más qué hacer. Práxedes iba y venía, trabajando en la cocina y escuchando sus aceleradas canciones de aflicción.

Ella nos volvía locos. Es la única manera en que puedo explicar porque uno de esos días corrí a toda velocidad y me estrellé de cabeza contra Apolo, haciendo que ambos cayéramos en un parcho de lodo. Me monté encima de él y le hubiera hecho daño de no haber sido porque me distrajo el objeto que brillaba en su collar, toda la luz a nuestro alrededor concentrándose ahí, molestándome los ojos. Él me dio un puñetazo en la nariz. Perdí esa pelea. Quería llorar, pero me aguanté y eso se aposó adentro.

Un día ella y yo estábamos solos en la cocina. Práxedes me preguntó si yo sabía bailar. Me puse defensivo: "Sí, ¿cómo no voy a saber?"

Ella dijo que sabía solamente un poco. Ella me pidió que le enseñara.

Yo le dije que solamente bailaba en fiestas. "Te voy a invitar en una fiesta", le ofrecí.

"¿Cuál fiesta?"

"No sé, la fiesta de la escuela", dije.

Esa noche, me imaginé bailando con Práxedes y algo dentro de mí se anegó de terror. Yo no sabía cómo llevar a una muchacha por la pista. Lo había intentado, solo en mi aposento, moviéndome de un lado a otro, mirando hacia el opaco espejo rectangular que era parte de un viejo tocador y que solamente mostraba la mitad superior de mi cuerpo. Nunca había reunido el valor para invitar a una muchacha a bailar en una fiesta, y no podía imaginarme cómo podría hacerlo alguna vez. No sabía cómo iba a terminar de crecer en un lugar donde bailar era un rito de iniciación y todos, excepto yo, parecían disfrutarlo.

Me encontré boca arriba y con los ojos abiertos, reproduciendo en mi mente una vieja memoria en que mi madre bailaba con el hombre que había sido mi padre. Yo no podía ver el rostro de ese hombre, pero recordaba movimiento, sus brazos diestramente suspendidos, muchas vueltas, un ir y venir rítmico, y el eco de la risa mientras una multitud de adultos se erguía sobre mí, un niño de tres o cuatro años que todavía no sabía lo que era la soledad. Él se había ido, adonde fuera que se fue, y nunca la volví a ver bailar otra vez. ¿Cómo iba yo a saber bailar? ¿Qué iba yo a hacer con mis brazos y piernas? ¿Cómo abrazaría a una muchacha? ¿Cómo podría entregarme yo al movimiento?

Fui solo a visitar una tarde, pensando en quién sabe qué, y caminé más allá de la cerca de madera hacia el interior del patio. Solamente me percaté de la mujer de largo pelo negro y piel bronceada que estaba sentada cerca de la puerta de la cocina cuando me encontré parado enfrente de ella. Ella me había estado observando todo el tiempo, y esto me hizo sentir incómodo. Por supuesto, no perdió tiempo para interrogarme.

"Supe que has estado viniendo a jugar con Juan and Práxedes". Ella torció sus ojos de arriba abajo para mirarme. "¿Quiénes son tus padres?"

"Mi mamá es la costurera. Ella hace vestidos y uniformes escolares".

Apunté en la dirección de mi casa. Aun al decir esas palabras tuve la sensación de que no me escuchaba, sino que me miraba decirlas.

"¿Qué tipo de vestidos?"

Pausé.

"Las mujeres le llevan fotos de revistas y ellas compran las telas y ella las mide y les hace esos vestidos".

No mencioné que una fuente regular de trabajo para mi madre era la de las túnicas mortuorias. Ella se había dado cuenta de que a la gente le gustaba envolver a sus muertos en vestidos blancos de Nylon brillante cuando se iban adonde fuera que iban; compraba el material al por mayor y tenía un acuerdo con una funeraria para suplirle esas batas angelicales. El director de la funeraria no pagaba mucho porque esos vestidos acampanados no eran alta costura, aunque siempre los pedía para entrega inmediata. Yo me daba cuenta de que ella sentía vergüenza de vivir de los muertos porque hablaba en susurros cada vez que conversaba de esos pedidos. Yo también me avergonzaba.

La madre de Juan y Práxedes no me dijo su nombre y tomé eso como señal de que no le caía bien. Se veía cansada y era mucho más baja de estatura que sus hijos, pero ellos le temían. Yo aprendí a temerle también porque sus ojos hondos veían más allá de las palabras.

"¿Y tu mamá, sabe quién soy?"

"Creo que la mayoría de la gente por aquí no sabe que en esta casa vive nadie".

Juan salió en ese instante, antes de que yo fuera a revelar alguna otra cosa. Me presentó como el amigo del que le había hablado, destapando una sonrisa, y me llevó a ver los primeros brotes de habichuelas de una de sus plantas. Yo no sabía cómo reaccionar, aunque me sentía aliviado de no encontrarme ante la mirada de su madre. Él siguió hablando de sus pequeñas plantas verdes, de sus hojas que parecían corazones disparejos, y dijo que habían germinado justo a tiempo —y yo pensé que él me empezaba a caer mejor que su hermana.

"El monseñor viene hoy", dijo, "y él las va a ver".

"¿El monseñor?"

Me miró como si yo fuera desquiciado.

"Tú sabes, mi padre, el monseñor López. Viene a visitarnos".

Se llevó un dedo índice a los labios y me dijo en un murmullo: "No le digas a nadie. Toda esta gente va a la iglesia por aquí, pero no son buenos católicos".

No le pregunté qué quería decir con eso, pero él trató de explicar.

"¿Conoces esa historia de la Biblia?" dijo. "La de la prostituta que Jesús salvó. Él les dijo, a toda esa gente que iban a matarla, que tiraran la primera piedra si no eran pecadores, y nadie tiró ninguna piedra".

Yo apenas capté de qué hablaba, distraído como estaba por mi deseo de ver a Práxedes. Me pareció que él recitaba las palabras del monseñor.

"¿Entiendes amigo?"

Le dije que sí.

❋

Práxedes tenía tiempo libre esa tarde porque su mamá se había encargado de los afanes de la cocina. Estábamos hablando en el patio mientras Juan iba a buscar algo, tal vez sus guantes de béisbol. Ella me contaba de su deseo de tener una fiesta de cumpleaños y dijo que se lo iba a pedir a su papá, y que quería invitar a sus nuevos amigos, y que especialmente quería que yo estuviera ahí porque yo era el primer amigo de ellos. Yo estaba asombrado de cómo ella podía cambiar de ser la hermana que cocinaba y limpiaba y lavaba la ropa, como una ama de casa de nadie, a ser esta niña, su voz elevada a una octava de placer.

"¿Bailarás conmigo en esa fiesta?"

Su sonrisa me convirtió en una guanábana partida en dos, con sus espinas inútiles y la pulpa blanca derramándose por todas partes.

"Sí, te dije que lo haría".

Ella pisaba de roca en roca, como si saltara sobre un cuerpo de agua, sus manos tocando el alambre liso que ellos usaban para colgar la ropa a secar. Pensé que se imaginaba como algún tipo de bailarina, saltando sobre hojas de loto inexistentes.

Mientras esperábamos a su hermano, ella entonó una vieja canción enraizada en la vieja creencia ibérica en la suerte, sus brazos abiertos para recibir toda la vida. Se mecía como para demostrarme que podía, o que se daba cuenta de mis sentimientos. La vida era un asunto de suerte, cantaba ella, y el gran premio que todos deseábamos era el amor.

Por qué se veía tan feliz esa tarde, me pregunto ahora. Mi suposición es que ella tenía una fe profunda, o una premonición de la corta estancia de la vida. Brillaba con su propia luz, aun en esos momentos en que yo la encontraba trabajando, tal vez en la cocina, arrodillada en el piso, cuando limpiaba y exprimía un trapo sucio dentro de un cubo —una expresión translúcida de aceptación en su rostro. Era mayormente una muchacha solitaria y una criatura de paso por esta tierra. Debí bailar con ella entonces, y no compartirla con nadie, pero yo era un muchacho que no sabía cuán pronto se desvanecerían esos días.

Llevaba a otros a conocerla, previniendo estar solo con ella sin saber qué decir o qué hacer con mis manos. Invité a Pablo, un muchacho de baja estatura que tenía una pierna mucho más larga que la otra; Danny, un flaco con grandes orejas que era bueno para cachar bolas de béisbol y nada más; José, el joven más tieso que alguien podría conocer, siempre leyendo libros; y a Manny, tan bizco como era chistoso. Invité a Marcos también. En cuestión de meses un grupo fijo de nosotros, muchachos del barrio, pasábamos el tiempo jugando en su terreno, pisoteando por todas partes en la modesta plantación de Juan Bautista para aparar una bola o encontrar un buen escondite y, en mi caso, aprender a las malas que los tallos de la caña de azúcar no eran un buen lugar para ocultarse si uno no disfrutaba ser puyado por cientos de agujas desagradables.

Después de un tiempo, Marcos, el hijo de un soldado con la guardia militar, un tipo alto y flaco que nos llevaba uno o dos años, se las arreglaba para pasar más tiempo cerca de Práxedes, mientras el resto de nosotros nos ocupábamos en juegos de destrucción. A diferencia de mí, él sabía qué decir y hacer: Apolo y yo los vimos salir de la cocina una vez, tomados de las manos, y él le dio una vuelta con sus extremidades nudosas como si bailaran una canción que solamente ellos oían. Yo no pasé más ratos con ella después de eso, pero seguía visitando y escuchando los planes estrafalarios de Juan Bautista. Él había estado estudiando un grande catálogo de clavos, tuercas, tornillos, arandelas y todo tipo de pasadores y herramientas porque quería conseguir trabajo en una ferretería, y al final de cuentas tener su propia tienda.

Un día se volteó a mirarme —sus mejillas porosas y ojos hundidos de marrón claro dándole el porte de una persona determinada —y me dijo algo que nunca he olvidado.

"Sabes", dijo entonces, "los muchachos como nosotros, que estamos creciendo sin nuestros padres, tenemos que enseñarnos a sí mismos cómo ser hombres".

La fiesta de cumpleaños que Práxedes había deseado sucedería ese mes de julio, durante nuestras vacaciones de verano. Esa no sería una fiesta para niñas, excepto por una vecina o dos, porque esas muchachas comparonas de nuestro curso no le hablaban a Práxedes. Apolo, el tipo ese Marcos, y todos los muchachos estaban invitados, como lo estaba yo. Su madre iba a hacer un bizcocho. Ellos iban a tomar prestadas unas bocinas para subir la música. Juan Bautista me dijo en secreto que el monseñor estaría ahí.

Apolo se presentó en mi casa dos horas antes de la fiesta, vestido todo de blanco, oliendo a talco y chorreando vaselina de sus rizos. Yo todavía no me había aseado, y me atrasaba a propósito, así que se fue antes que yo. Me paré bajo el grifo, que no nos había dado agua en meses, y me eché cubos que había sacado del tanque de lluvia. Me quedé ahí en desnudez, hasta que se me secó la piel. Me moví desganado y me puse mis únicos jeans de azul oscuro, una camisa morada de mangas largas que no pegaba, y zapatos negros que me quedaban demasiado apretados. Mi madre me dio un tipo de blusa que ella había armado de material en exceso, ya envuelta como un regalo, y dijo que la muchacha del nombre raro — "¿Cómo es que le dicen?" preguntó; yo no contesté— podía pasar después para hacerse ajustes. Yo salí cuando la luz de la tarde nos dejaba y el brillo metálico de la luna marcaba un horizonte de siluetas oscuras en que los árboles parecían una procesión de viejos encorvados.

Pensé en hacerme el enfermo y devolverme, pero mis pies me llevaron a subir esa cuesta. Llegué por el camino en el patio trasero de la casa, la única manera que conocíamos para entrar. Oí el merengue como un machacar distante. Metí el regalo en mi camisa y entré al callejón que quedaba entre la casa y una pared divisoria. Apoyé mi espalda sobre la pared y empujé mis pies contra la casa para escalar poco a poco por su lado, como un animal salvaje.

La alta ventana que alcancé me permitió mirar hacia la sala. Todos los muchachos estaban ahí, más un par de muchachas que yo no conocía, y la música sonaba, y Práxedes bailaba con el hijo del guardia. La mayoría de los muchachos hacían payasadas, ignorando a las muchachas —excepto Manny, que estaba bailando solo. Vi al monseñor, un hombre cuya característica más notable era unos lentes brillosos de marcos dorados. Juan Bautista estaba sentado a su lado, hablando, probablemente de tornillos y tuercas.

Yo me llené de una ira indiscriminada en ese callejón oscuro y pensé en los galipotes que acechaban esos lugares.

Decidí que no iba a bailar.

No le iba a dar el regalo.

No iba a ir a su maldita fiesta.

Salté desde la pared y sentí la necesidad de correr por el patio y darles patadas a las plantas de habichuelas y arrancar los retoños de los frutales. Agarré un machete que encontré en la tierra y lo usé para destruir las cañas de azúcar.

La percusión de la fiesta hacía eco en mi cabeza. Agarré su regalo y lo tiré encima del techo de la letrina. Algo surgió en mí que no era culpa ni vergüenza sino más cercano a un placer.

Llegué hasta la calle y descubrí que me gustaba el tinte de luz azul que la noche emitía, y pensé entonces que la soledad no era algo tan malo. Vi una roca grande y deforme y la recogí y apreté mi puño sobre ella. Miré hacia la casa, sintiendo el peso de la piedra. En ese momento albergué una rabia inusual hacia toda la vida.

Algo se liberó en mí con el estruendo sobre el techo de hojalata y corrí alrededor de la manzana, chillando como una bestia.

Seguí corriendo —o más bien, mis pies lo hicieron— de manera que jadeaba cuando llegué hasta el otro lado de la propiedad. Mi lengua colgaba y babeaba. Mis sentidos estaban afinados como sucede cuando uno sale del adormecimiento del sueño profundo.

Vi, por primera vez, el frente de su casa. Estaba situada en una elevación y tenía una larga escalinata que llevaba a una puerta de madera. Yo sabía que nadie tocaba esa puerta. La fluorescencia granular que salía de la ventana me molestaba. Juro que en ese instante podía oler a la gente que estaba adentro, la sal de sus pieles hincándome hasta las lágrimas.

Agarré más rocas.

Mi corazón era una cosa salvaje; yo estaba rebosante de miseria y gozo.

Me encaminé hacia mi hogar, pero los pasos me llevaron de nuevo hasta la parte trasera de la casa, y las rocas estaban ahí en la calle. Parecían fuera de lugar, disturbios en el paisaje.

Ya no era yo mismo, sino algo que se miraba a sí mismo.

Agarré esas rocas también.

Yo casi botaba espuma de la boca al tirarlas.

Una onda se movió a través de mí cuando escuché la voz quebrada de Juan Bautista. Él y el monseñor se habían escondido tras unos árboles al otro lado de la calle. Solo entonces me di cuenta de que la música había cesado, y cuando volteé a mirar a la casa vi a los muchachos que habían sido mis amigos —y a esas tontas muchachas— todos mirándome.

La mamá de Juan Bautista y Práxedes exhibía una mirada de entendimiento. Práxedes, bañada en lágrimas, salía en ese momento. Yo gustaba el dulce de la caña, un líquido espeso, en su cuello.

Marcos la consolaba. Yo tuve que usar toda mi fuerza de voluntad para no galopar, embestir contra ellos y desgarrar la carne de sus huesos con mis colmillos.

"Pensé que eras nuestro amigo", dijo Juan Bautista. "Yo de verdad pensé…"

Su voz se fue apagando.

Parte de mí quería sonreír para demostrarles que no quise causar ningún daño, pero mi rostro se había transfigurado. Mis ojos eran burbujas líquidas. Gustaba el sabor del miedo como la corteza polvorienta de los huesos.

El viejo monseñor estaba embelesado; yo olía su deseo de exorcizarme: He conocido a su tipo por cientos de años en que han arrojado sus pecados sobre mi estirpe. Vi su crucifijo centellear y se erizaron las cerdas en mi cuello.

Dejé caer las rocas y hui en cuatro patas, sabiendo que un día regresaría a buscarla.

Un tiempo para marcharse

Versión en inglés publicada
el 19 de abril de 2017
en The Island Review.

Mami no podía decirme al principio por qué quería irse a Nueva York. Ella había visto a sus hermanas y hermanos irse, impelidos por una ambición ciega que ella no compartía, y fue la última que quedó en ese vecindario de un fino polvo amarillo y gatos que hacían el amor —de manera ruidosa, como bebés que gemían— en los callejones. Recuerdo el día que fuimos al edificio municipal a buscar su pasaporte — las largas horas sentados en sillas incómodas, apretujados en un pasillo donde muchos otros esperaban, respirando las exhalaciones húmedas de los demás.

Le pregunté entonces, tal vez porque temía que la tarde nunca terminaría.

"¿Por qué estamos aquí?"

"Necesito un pasaporte".

"¿Para qué?"

"Para que me lo puedan sellar con una visa".

"¿Una visa?"

"Para ir a Nueva York".

No pregunté más hasta que regresábamos a casa, montados en el rechinante asiento trasero de un vehículo de ruta pública.

"¿Para qué quieres ir a Nueva York?"

Su respuesta no fue realmente una respuesta.

"Todo el mundo quiere irse para allá".

Ahora me doy cuenta de que mi madre era optimista. No solamente obtuvo el pasaporte antes de tener cualquier arreglo para solicitar una visa, sino que dio por sentado que ella obtendría esa visa y creía que esto nos llevaría —a ella y a mí— a un futuro mejor. Todo estaba gestionado en su mente, como suele ser en las mentes de las madres.

La próxima vez que mi tío mayor llamó alcancé a escuchar partes de la conversación telefónica. Yo estaba jugando en un rincón con soldaditos de distintos tamaños que había juntado a través de los años. Eran el tipo de muñecos de escuadrón de artillería y ataque que se erguían sobre pequeñas islas de plástico, congelados en gesto permanente de agresión.

"Tienes que conseguir a alguien que sea más o menos de mi edad", ella había dicho.

Hubo una larga pausa.

"No me importa quién sea", había dicho después. "Por amor o por negocio. Da lo mismo".

Meses después, un hombre calvo y alto llegó a la hora en que mis abuelos, mi madre y yo ingeríamos plátanos salcochados con ruedas de salami para la cena. Se presentó de manera inusual.

"Me llamo Bertilio Díaz. Yo soy el hombre".

Dijo que trabajaba con mi tío en un restaurante italiano de Brooklyn y que estaba haciendo aquello mayormente para ayudar a su amigo. Se habían hecho hermanos sudando en los turnos atareados de esa cocina.

"Tenemos que ayudarnos los unos a otros", asintió mi abuelo. "Eso es lo que Dios quiere".

Mami le hizo una pregunta extraña.

"¿Y por qué tú estás soltero todavía?"

Él se encogió de hombros.

"Yo qué sé. No he tenido tiempo".

Después de un rato se despidió y él se fue con el hombre que lo había llevado en motocicleta, y quedamos sentados en la pequeña sala, sin decir nada.

Mi madre se levantaba temprano cada mañana. Un vecino, Luisito, daba unos golpecitos en las persianas del cuarto donde ella y yo dormíamos en la misma cama —cada uno de cara a los pies— y donde mis abuelos compartían la otra cama cercana a la nuestra. El resto de la casa estaba vacía, porque los demás se habían ido, pero seguíamos apagando la bombilla cada noche para dormir en ese cuarto, como si el resto de la casa hubiera estado ocupada por los espectros de mis tías y tíos. Luisito tocaba, una, dos, tres veces, y esa sigue siendo la razón por la que hasta hoy despierto de súbito si oigo cualquier rumor de puertas. Él lo hacía de favor porque él y mi madre eran operarios de máquinas en la misma zona franca donde compañías coreanas y estadounidenses hacían coser sus ropas de marca en largas líneas de ensamblaje, y ella le había dicho que le costaba levantarse a tiempo por no tener reloj despertador. Él le había mostrado su reloj Casio de pulsera, diciendo que no solamente era a prueba de agua, sino que tenía alarma, y la hizo sonar para demostrar su penetrante chillido tecnológico. Contó que su hermana se lo había llevado de Nueva York y que después de eso nunca llegaba tarde a ninguna parte. Le dijo que si ella quería él podía pasar por el callejón camino al trabajo y tocar su ventana, porque empezaba una hora antes en la fábrica.

"Brunilda", decía él cada mañana. "Ya es hora".

Ella se levantaba y me halaba por los pies para sacarme de la cama, guiándome luego por los hombros y haciéndome pasar por los pasillos estrechos de nuestra sala. Yo usualmente llegaba a la letrina justo antes de mearme encima. Ella se preparaba para ir al trabajo mientras yo encontraba el camino de regreso a la cama, tropezando con las mismas mecedoras todas las mañanas. Ella se iba antes de la salida del sol, apurándose para empezar su turno cosiendo una lengüeta acolchonada tras otra sobre las carcasas de los tenis Reebok que ella no me podía comprar. Apretaba el pedal de la máquina y empujaba el material debajo de las agujas por horas sin fin. Muchas veces llevaba curitas en los dedos que sufrían estocadas de agujas y, para eso de la mitad de la tarde, cuando yo regresaba de la escuela, la encontraba tirada en la cama con las piernas subidas sobre la pared, que ella decía ayudaba a que le regresara la sangre a los órganos. Para el anochecer, yo había terminado mis tareas, mi abuela había terminado de cocinar y mi abuelo estaba de regreso de sus vueltas por el barrio, un hombre viejo reducido a muchacho de mandados.

Todo lo que nos quedaba era el tiempo. Tiempo para sentarnos y tiempo para dormir. Tiempo para mirar programas de televisión de Estados Unidos que habían sido doblados —Sanford se agarraba el pecho y gritaba, mientras el ruido de las sonrisas grabadas se burlaba de su vida trágica: *Este es el grande. ¿Me oyes Elizabeth? ¡Vengo a reunirme contigo, querida!*— y esas telenovelas melodramáticas de México, donde el apuesto hombre pobre que trabajaba en los establos finalmente alcanzaba a la mujer de sus sueños, y la herencia, y vivían felices para siempre. Teníamos tiempo para hablar de nada, especialmente cuando nos sentábamos a luz de vela durante los apagones.

❖

El tío Ariano llegó de Nueva York y la casa se llenó del aire festivo de la navidad, aunque estábamos en pleno verano pegajoso (el día del evento hizo que trasladaran todas las sillas a las orillas de la pared; puso la mesa del comedor en el centro de la sala; hizo que trajeran un pastel de dos niveles e instaló un sistema estéreo para tocar música alegre —a todos los vecinos se les invitó a comer, beber, bailar, posar en fotos grupales, comer bizcocho y brindar por la feliz pareja). Él había estado involucrado desde que tuvieron esa conversación telefónica en que yo escuché a mi madre decir: "No quiero ser la única que se quede aquí respirando polvo". Él tomaría tiempo después del trabajo cada una o dos semanas y escribiría cartas de amor a su hermana, asumiendo la persona de Bertilio Díaz. Ella tendría que contestar cada carta, enviar tarjetas de cumpleaños y San Valentín y debía decir a los vecinos que tenía un novio en Nueva York.

"¿Cómo nos conocimos?" le preguntó ella a mi tío durante una de sus llamadas.

Ella me contó luego lo que él dijo. Se habían conocido en una boda. Durante la última visita del hombre, ella había ido a una boda donde él era un invitado. Él la sacó a bailar y bailaron toda la noche y entonces… empezaron a escribirse cartas. Ella me explicó esto porque yo tenía que saber del plan, en caso de que la gente del consulado investigara. Me añadirían a la solicitud de visa junto a mi madre. Él iba a ser el padrastro que nunca tuve.

(Eso significó que yo también necesitaría un pasaporte; significó que yo me pondría chaqueta y corbata por primera vez en mi vida, prestadas de un vecino que por lo menos me llevaba dos tallas, de manera que me viera bien en el retrato. Tuvimos que regresar al edificio gubernamental y pasar dos tardes, primero esperando a someter la solicitud y después para obtener la libreta donde se estamparía mi visa. Ese primer día mi madre se inclinó cerca de mi oído y dijo: "Esto es para tu futuro". Yo miré sus ojos y sentí que ella realmente no sabía de qué hablaba, que ese "futuro" se presentaba sin formas en su mente, pero que ella creía que de alguna manera sería mejor que lo que teníamos).

El tío Ariano había dispuesto que el novio americano y mi mamá fueran a un estudio de fotografía y posaran para algunos retratos. Hizo que fueran a un restaurante otro día y que les hicieran algunas fotos casuales. Las cartas comenzaron a llegar poco después de que Díaz regresó a Nueva York. Ella me pedía que se las leyera mientras yacía sobre la cama con sus piernas descoloridas elevadas después de un día de labores.

Querida Brunilda, ya me estás haciendo falta. Yo volví a trabajar la semana pasada y las cosas han seguido igual en el restaurante. Tengo que lavar muchos platos todos los días, pero lo estoy haciendo por ti. El chef se puso a enseñarme como preparar ensaladas y espero aprender para que me den el puesto del asistente cuando él tomé días libres si no se siente bien. Quiero que ese sea mi puesto un día. He estado preparando el apartamento donde vivo para el día que tú llegues. El otro día compré una mesa y tengo planes de conseguir algunas sillas para que algún día podamos cenar juntos. Seremos felices.

Y ella contestó, imaginando ser una de esas protagonistas de telenovela: Mi amor, me alegró mucho recibir carta tuya y saber que no me habías olvidado. Yo no te olvido y sueño contigo todas las noches, bonitos sueños. Yo me sentiría muy feliz cenando contigo en esa mesa. Si Dios quiere, nuestras oraciones serán escuchadas y estaremos juntos para siempre, como dos pajaritos.

Eso continuó por meses, hasta el regreso de Bertilio Díaz, vestido en traje negro, montado sobre un carruaje, al que halaban dos ridículos caballos blancos que llevarían a él y a mi madre a la oficina municipal. Un fotógrafo los siguió todo el camino en una motocicleta, tomando fotos mientras se subían y bajaban del coche, esperando ante una de las luces de tráfico del centro de la ciudad, y cuando se encontraban frente al juez de paz, firmando el registro de matrimonios y dándose el primer beso de casados. No sé por qué me sentí de esa manera, pero cuando la vi revolotear en el vestido blanco que mi tío había alquilado, y ella me dirigió una fugaz sonrisa desde atrás del velo, tuve ganas de llorar.

Al poco tiempo nos encontramos sentados a un oficial consular. Me sentí estúpido en la chacabana blanca, una de esas camisas de vestir con la holgura y elegancia del Trópico, que Bertilio Díaz y yo llevábamos puestas. Este tipo que se suponía fuera mi padrastro no nos había dirigido la palabra todo el camino (sino que había mirado por la ventana del autobús hasta que se durmió y roncó como un animal enfermo), pero él y mi madre habían acordado hasta de qué color era la ropa interior que llevaron en su primera noche de intimidad; habían quedado en qué lado de la cama dormía cada uno; habían practicado la historia de cómo se conocieron y mi madre me había instruido a que dijera que él era un padre para mí.

El americano detrás de la ventanilla ajustó sus lentes gruesos y pasó página al álbum de fotos de la boda, sin examinar esas poses sobreactuadas. Pidió el pasaporte de ella. Pidió el pasaporte mío (en el retrato yo figuraba con la chaqueta y corbata que habíamos tomado prestadas, y nadie podía adivinar que debajo de esas yo llevaba unos coloridos pantalones bermudas). Me preguntó en su español retorcido cuántos años yo tenía. Once, le dije. Preguntó si mi mamá había estado casada antes. Ella dijo que no. Le hizo la misma pregunta a Bertilio Díaz. El tipo dijo que no, y, como era ciudadano estadounidense, se aventuró a una explicación en inglés que hasta este día recuerdo, aunque no sabía entonces lo que significaba: *I only had time for work*. El tipo que era el cónsul asintió.

Tomó los pasaportes y estampó un par de páginas. Nos devolvió las libretas. Le hizo a mi madre una pregunta que la tomó por sorpresa.

"Señora Díaz, ¿qué tan pronto será su vuelo hacia Estados Unidos?"

Ella luchó para encontrar su aliento: "La semana que viene".

❋

No queríamos ni pensar de cómo sería esa última mañana. Nos quedamos hasta tarde la noche antes, tratando de estirar las horas mientras empacábamos nuestras vidas en dos maletas. Hablamos de asuntos sin importancia, como si debíamos envolver casabe, aguacates verdes o largas unidades de salami en las ropas para llevar de contrabando a mis tías y tíos. Mis abuelos estuvieron con nosotros, sentados en la cama, preguntándose si nos volverían a ver algún día (no lo harían). Oímos los gatos en el callejón y se nos acabaron las excusas para dejar la luz encendida.

Ella puso nuestros pasaportes, entonces visados, sobre el equipaje.

"¿Cómo va a ser Nueva York?" pregunté.

"Yo no sé. La gente dice que es grande".

Pensé en la cosa más grande que conocía.

"¿Tan grande como el cielo?"

"Nada es tan grande como el cielo".

Vi que mi madre miraba todos los rincones del cuarto antes de apagar la bombilla. La cama rechinó cuando ella se acostó. Yo vislumbraba la nada hasta que la oscuridad se volvió un panorama de formas en el profundo azul de la noche.

❖

Despertamos al oír los toques en las persianas. Mi madre se puso de pie. Yo me senté en la cama. También mis abuelos. Ella abrió las persianas y miramos a Luisito, flaco, de ojos sumidos, sobresaltado por la inusual reacción.

"Ya es hora", dijo.

"¿Cuánto hace que has venido a tocar la persiana, Luisito?"

Él pensó un momento.

"Ahh, no me acuerdo… Desde que tú empezaste a trabajar en la fábrica, ¿no te acuerdas?"

"Quiero darte las gracias", mi madre dijo, "y dejarte saber que no voy a necesitar que lo sigas haciendo".

Él nos miraba. "No le hemos dicho a nadie en el barrio…"

Mi madre pausó.

"Julián y yo nos vamos hoy".

"Se van", dijo como para sí mismo. "¿Para dónde?"

VÍCTOR MANUEL RAMOS

Mi madre encogió los hombros: "Nueva York".

Oí un gallo cantar en la distancia. Luisito sonrió.

"Para allá es que todo el mundo se quiere ir", dijo.

Él miró su reloj de pulsera y luego a nosotros. Mi madre asintió. Dijo adiós con la mano y echó a andar. Lo vimos caminar hasta el final del estrecho callejón.

38

Bautismo de sangre

Onís González iba tarde al trabajo el día en que recibió la llamada que lo convertiría en reportero de crimen, a unas semanas de andar tras la pista de temas generales que no excitaban su imaginación; esos eventos coordinados por este o aquel político anunciando fondos para programas, las invitaciones a ver los beneficios de dichos programas y las continuas protestas de pequeños grupos de personas que aducían discriminación y preparaban alguna demanda para recuperar alegados daños. Salía del tráfico de Meeker Avenue cuando su bíper comenzó a convulsionar, haciéndole retorcer el rostro al ver el número: Lo buscaban en la redacción.

Forzó su paso para salir del carril de en medio, ignorando los bocinazos, y tomó la última oportunidad de salida a la boca del Puente Williamsburg. Esa movida lo llevó al laberinto de calles de una vía en la punta del South Side de Brooklyn y manejó al costado del puente hasta llegar al río, donde la silueta de Manhattan se alzaba como una realidad a la vez cortante e ilusoria. Daba la vuelta hacia un vecindario de factorías y edificios dilapidados cuando el bíper sufrió temblores una vez más. Quien llamaba había puesto el código de emergencias, nueve-uno-uno. Él miró su reloj de pulsera: las diez y quince cuando se esperaba que llegara a las diez a la redacción, y andaba del lado equivocado del East River. La noche anterior había sido larga y más o menos placentera con sus amigos, y aquella excompañera de los años universitarios que lo dejó entrar a su apartamento, así fuera para resistir casi una hora de incitaciones sinsentido.

Se detuvo en el espacio abierto del encintado al lado del hidrante, cerca de una bodega de esquina, y salió del carro. Se inclinó hacia adentro para obtener su cuaderno y algún menudo del cenicero. El lapicero lo llevaba en el bolsillo. Un hombre al borde de la obesidad, arropado en una camiseta de los Giants, que le quedaba floja, se apoyaba sobre la caseta del teléfono y miraba a Onís sin expresión. Solamente cuando él se detuvo frente al teléfono, y le quedó mirando, el tipo se quitó de en medio con una lentitud que irritaba. Después de un par de timbrazos le contestó ese recepcionista pesado que, semana tras semana, se negaba a apretar el botón que abría la puerta hacia la redacción hasta que Onís le mostrara su identificación.

El tipo del botón seguía fiel a su personaje y, sin devolver el saludo, le preguntó a quién llamaba y transfirió la llamada antes de que Onís terminara de hablar.

"¡Essstúpido! ¿Qué coño es su problema?"

El gordo, al otro lado de la acera, se afincaba sobre uno de esos receptáculos de llamadas de emergencia que afeaban las esquinas, y que desde hacía años no servían para llamar a los bomberos o a la policía. Desde allá se mofó abiertamente de la exasperación de Onís.

"Hola. Habla Nelly Rivera", llegó el saludo.

"Hola, qué tal Nelly... Es Onís..."

"Uf, ¿por qué tardaste tanto en llamar? ¿Dónde estás?"

Onís escogió la primera pregunta.

"Lo siento, estas porquerías de teléfonos nunca sirven. Tú sabes, este me comió el cambio y..."

Al voltear, Onís vio que el tipo gordo sonreía. Onís reconoció en esa expresión suficiente detalle para imaginar lo que el sujeto pensaba: *Todos mentimos. Todos somos unos malditos mentirosos.*

"Dime, ¿dónde estás?" siguió Rivera. "¿Ya cruzaste a Manhattan?

Onís miró directamente al gordo y volvió a mentir.

"Sí, sí, claro que estoy en Manhattan. Estoy a la vuelta de la esquina. He estado dando vueltas porque..." Se detuvo un instante. "No puedo encontrar estacionamiento por aquí. Hay filas de carros en estacionamiento doble. Tú sabes, es día de barrer y la gente no suelta esos parqueos..."

"Yo estaba deseando que estuvieras todavía en Brooklyn".

Onís echó un vistazo a su alrededor. Solamente el tipo ese estaba ahí, ocupado en tapar la brisa con la mano para encender un cigarrillo.

"Bueno, yo…"

"Tengo algo que decirte y no hay tiempo… Espera…"

Él la oyó hablar a alguien en la sala de redacción de la manera muda en que llegan los sonidos cuando una mujer se pone el auricular en los senos. "Él dice que está a la vuelta de la esquina", y después algo más que él no alcanzó a entender, y luego "pero De la Hoz está de vacaciones" y otras palabras que no captó.

La voz en el trasfondo era de la directora del periódico a la que muchos del personal habían aprendido a temer por su estilo de gerencia a quemarropa: "Que se joda. Envíalo de todas maneras y que se devuelva por donde vino", la oyó decir.

"Escucha, escribe esto", Rivera dijo.

Él puso otra peseta en el teléfono y sonó un pitido mientras el aparato se la tragaba.

"Quiero que te devuelvas y vuelvas a cruzar el puente. Tenemos un homicidio en Brooklyn que necesitamos que cubras."

"¿Dijiste un homicidio? ¡Perfecto! Ojalá sea un caso interesante".

Onís vio cómo el gordo quitaba su pie del receptáculo de llamadas y alternaba piernas.

"Sí, es por la orilla de Brooklyn y Queens; por eso hubiera sido mejor si estuvieras más cerca, pero... Mira, esto es lo que hay: un hombre hispano apuñalado a muerte en una especie de evento social; no sabemos de qué tipo ni cuál fue el móvil del crimen. Ve allá y averigua todo lo que puedas. Yo estaba deseando que pudieras llegar antes de que otros medios se enteren, porque tenemos esta pista en exclusiva antes de que lo pongan en el reporte del día, y hay posibilidad de resaltar el caso para portada si consigues algo sólido. Tengo un fotógrafo en camino para que te acompañe, a ver si sale algo que valga la pena".

Él tomó la dirección y el nombre parcial de la víctima, una inicial y apellido. Dibujó un mapa mental: Estaba cerca de la vía elevada de la autopista y tendría que cruzar el Puente Kosciuszko en el B.Q.E. Estaba a unos diez minutos del lugar; tal vez menos.

"No te preocupes; salgo para allá".

Colgó, y el gordo le habló como si él hubiera sido parte de la conversación telefónica —y tal vez lo había sido.

"¿A quién desenchufaron?"

Onís se detuvo a mirar su rostro y notó que el hombre sonreía.

"¿Desenchufaron?"

"Tú sabes, que le apagaron las luces..." Se puso el índice al lado de la sien, a manera de

pistola, y la disparó con su bala y explosión ima-
ginaria. "¡Puff!" dijo. "A cualquiera lo mandan al
otro mundo de un tiro".

Onís se metió en su carro, tiró de la puerta y
activó la ignición.

"No fue un tiro, pero no es asunto tuyo", dijo,
y arrancó.

❋

Onís se detuvo frente a la cerca negra de hierro forjado desde donde se podía vislumbrar la
curvatura de un domo. Caminó hacia adentro y
hasta la entrada. Delante tenía una alta pared de
color crema que se levantaba entre dos grandes torres, a las que coronaban un par de domos meno-
res con campanas.

Dio unos pasos hacia la entrada y se detuvo a
apreciar la vista. Sus ojos se encontraron atraídos
por la fastuosa túnica en azul y rojo del lánguido
personaje en un mural en mosaicos —los brazos
abiertos y su rostro recatado despedían un aire de
autosatisfacción, típico de cualquier redentor que
se diga con potestad sobre el destino de las almas.

Hizo algunos apuntes en su cuaderno: gran
domo, crema, entradas con arcos, Jesús en túnica
azul y roja (¿resucitado?), brazos abiertos. *Detalles,
detalles*, pensó, *la materia prima*. Verificó la dirección en su cuaderno y miró alrededor. No había
nadie. Caminó hasta la puerta para el templo principal y tiró del manubrio. Estaba trancada.

Escribió el nombre que vio en un boletín cerca de la entrada, anunciando las horas de culto. Era una iglesia ortodoxa griega.

Estaba estudiando la fachada cuando una voz rasposa lo sobresaltó.

"Entonces, bróder, ¿vamos a rezar por alguien aquí?"

Este hombre, que en sí no era alto, se veía más pequeño por los shorts que le llegaban hasta las rodillas. Estaba ahí, chupando una colilla, su cara de barbilla torcida escondida en parte bajo el pico de una gorra de los New York Yankees. Llevaba un bolso de lona desteñida al hombro y de su cuello colgaba un manojo de pases de prensa para una variedad de lugares y eventos.

"...Porque yo no sé qué mierda puede estar sucediendo aquí. ¿Por qué nos van a mandar a una puta iglesia sin mirar la dirección primero?"

Onís vio al tipo voltearse, agitar sus brazos al aire, y hablarle al espacio abierto.

"¿Por qué tú crees que somos los únicos idiotas aquí?"

Volteó y contestó su propia pregunta.

"Porque nuestros jefes no saben qué carajo hacen. Estos mensos en la oficina no saben ni mierda..."

Entonces se dio cuenta de algo. Se tocó la cabeza con un dedo.

"Lo siento. ¿Tú eres el muchacho nuevo, verdá?"

"Empecé hace algunas semanas".

Se presentó como Alberto Rodríguez, le dio la mano, y dijo que le llamara Berto, "el mejor fotógrafo que vas a conocer aquí", dijo. Onís le dijo su nombre, sin apodos.

"Ta bien, bróder," siguió. "Aquí no hay na que hacer. Un placer conocerte".

Se volteó para caminar hacia la calle.

"Espera, Berto. Si acabamos de llegar".

"Pero la misa es los domingos". Se río con su carcajada rasposa, que se convirtió en una tos de fumador. Se quitó la gorra, luciendo su cabello negro y aceitoso, cortado bajito, y Onís vio la malicia del sarcasmo en el brillo de sus ojos y en sus patas de gallina.

Miró a Onís con una sonrisita. "Yo no veo ninguna cinta amarilla ni ningún altar a ninguna víctima de asesinato por aquí…" Miró y apuntó hacia arriba. "A menos que estemos hablando de Jesús, que Dios me perdone, pero eso es noticia vieja mi pana".

Onís tuvo que reírse.

"Mira, tengo que tomar el tren Q".

"Espera", insistió Onís. "Vamos a mirar por lo menos".

"Me parta un rayo", dijo.

Berto exhaló: "Sí, verdad que tú eres nuevo en esto".

❈

Onís le dio la vuelta al edificio mientras Berto encendía otro cigarrillo, muchos pasos detrás. Encontraron una entrada al lado de la rectoría y Onís gesticuló. Se acercó y levantó un picaporte barroco en la pesada puerta de madera y repitió el movimiento para golpear la puerta varias veces. Berto le tocó el hombro a Onís y apuntó con su barbilla hacia arriba, donde había una cámara de seguridad sobre el marco de la puerta, apuntando directamente hacia ellos. Onís mostró su pase de prensa, una tarjeta de color anaranjado brillante, a manera de placa, que le colgaba del cuello por un cordel. Esperaron y nadie llegó.

"*Man*, este no ha sido mi día" se quejó Berto. "Tuve que salir corriendo de casa porque mi mujer me estaba tirando vainas, y ahora me tienen que enviar aquí a esta pérdida de tiempo. Ta bien cabrón, bien cabrón. ¿Tú sabej'lo que'jeso? ¿Qué te boten de tu propia casa? Coño, ta cabrón, despué' que yo pagué la renta del mes".

Onís no dijo nada.

"Ella me odia y yo no sé por qué. No importa lo que yo haga. Esa mujer nunca está feliz. No importa lo que yo haga, *bro*. Te lo juro".

"Nadie contesta", dijo Onís.

"Pfff… Yo te podía decir que eso iba a ser así, pero ya veo que tú eres cabecidura".

"Vamos a mirar por el otro lado", Onís dijo.

Onís había recorrido una buena distancia alrededor del edificio cuando Berto decidió alcanzarlo.

Le gritó: "¡Deja esta mierda ya! Vas a aprender: esta gente nos manda a perder el tiempo a cada rato, y si te llevas de ellos, vas a andar como una gallina despescuezá, aleteando pa'rriba y pa'bajo, mi hermano. Créeme… y ellos allá en la oficina, cogiéndose fresco".

Onís se detuvo ante una senda que llevaba a una entrada al piso inferior. Miró a través de las ventanas a ras del suelo y vio que las luces estaban encendidas. La lacería en patrón de diamantes sobre el cristal y el sucio de décadas no le dejaban ver con claridad. Caminó hacia abajo y haló del largo manubrio. Le sorprendió que la puerta no estaba trancada. Entró a un rellano que llevaba a otra serie de escalones y hacia un amplio salón. Era el tipo de espacio que parecía inspirado en cafeterías escolares y que usan las iglesias para realizar sus cafés después de los servicios religiosos y para patrocinar noches de bingo para los feligreses más fieles. Se tomó un momento para asimilarlo todo —mesas volteadas, confeti regado por todas partes, un abanico de grandes aletas que rotaba en su velocidad más lenta sobre el cuarto vacío y, en medio del salón, una gran mancha de sangre fresca, untada sobre las falsas tejas en blanco seda. Trazos en varios tonos rojizos llegaban hasta esos mismos escalones donde se encontraba.

Berto entró, un soplo de humo flotando desde su boca: "No entiendo qué es lo que…"

Se detuvo y miró.

"¡Ea diantre!" —exclamó.

Abrió su bolsa y sacó su cámara en un par de movidas ágiles. Se volteó el pico de la gorra hacia atrás, un reflejo que demostró a Onís que este tipo había estado haciendo su trabajo por mucho tiempo. Ajustó la intensidad del flash, tirando varias fotos en blanco. Bajó los escalones mientras tiraba más fotos y corría la palanca de avance, una y otra vez, una y otra vez. El flash escupía destello tras destello.

Onís tomaba notas: salón abierto, abanico de techo activado en lento, mesas volteadas, confeti, botellas en el piso. Bajó los últimos escalones, recogió una botella, y escribió: botella marrón, CERVEZA TECATE, HECHO EN MÉXICO. Encontró una pequeña cruz blanca en cerámica barata, la diminuta forma de un bebé arropado sobre ella y, en la cinta enlazada que le enmarcaba, una inscripción en letras cursivas: "Mónica Bautizo – 05-05-1996".

Lo anotó todo. Detalles, los detalles cuentan la historia.

❋

Un hombre bastante macizo entró cuando Onís y Berto inspeccionaban el salón. Pantalones negros con rayas en negro brillante a cada lado, camisa blanca apretada, chaqueta negra desabotonada, barba roja como si estuviera prendida en fuego, mejillas gordas, y cuando habló su voz sonó como el estruendo de un barítono solista, una garganta llena de telarañas.

"¿Qué, en el nombre de Barrabás, hacen ustedes aquí?"

Berto miró a Onís, contorsionó su cara: "¿Qué? ¿Quién?"

Onís se acercó al hombre, exhibiendo sus dientes en gesto de animal amistoso.

"Lo siento, pido excusas, ¿señor…?".

Levantó el pase de prensa autorizado por la policía que llevaba al cuello.

"Somos la prensa" dijo, "y…"

"Me importa el culo disecado de una rata quiénes son ustedes. No están autorizados para estar en esta propriedad y no tienen nada que buscar aquí".

Berto se acercó a Onís, alzando las manos. "Ya nos íbamos, señor, estábamos por salir…" y mientras pasaba detrás del hombre guiñó el ojo e inclinó la cabeza en la dirección de la puerta para indicar a Onís que le siguiera, pero no se detuvo a esperar si lo hacía. Él tenía las fotos que necesitaba y se iba a largar de ese lugar antes de que pasara cualquier otra cosa.

"Voy a llamar a la policía y acusarlos de violación de propiedad privada; ¡son unos canallas!" dijo el hombre.

Onís estimó el tamaño del tipo en unos seis pies y cinco pulgadas; en todo caso, más alto que el hombre promedio.

"Ustedes se metieron aquí como ladrones que invaden una morada y los tengo grabados. Eso es conducta criminal, jovenzuelo, y tú lo sabes".

Onís siguió a Berto y alzó sus brazos, todavía sosteniendo el lapicero y cuaderno a plena vista, mientras le pasaba por el lado y reculaba.

"Señor, yo estoy aquí haciendo mi trabajo y entré porque nadie contestó y la puerta no estaba cerrada... Yo simplemente estaba..."

"Voy a asegurarme de que paguen por esto".

Onís se dio cuenta de algo, armando la escena que tenía en frente —la cara de ese hombre inmenso, poniéndose cada vez más roja, y sus brazos, agitándose en el aire, y su voz rebotando en los espacios vacíos: el hombre tenía miedo. Onís dejó de retroceder.

"Mire", le dijo, "no me espantan sus amenazas. Hágalo, llame a la policía si eso es lo que quiere... Ellos saben lo que yo hago. ¿De dónde cree usted que obtuvimos la dirección? ¿Usted cree que el criminal vino y nos dijo de su pelea aquí? O tal vez fue su compañía de seguros... Eso me recuerda algo, su compañía de seguros; tal vez ellos tengan algo que decir, tal vez ellos quieren saber algo más de este asesinato y de cómo usted ha estado alquilando este salón para fiestas que se salen de control. Me debo de ir y llamarlos para pedirles comentario a ellos. ¿Está bien eso en una iglesia?".

Su engaño tuvo el efecto de aquietar al hombre, aunque era claro que estaba al explotar de ira. Onís imaginó todo ese armatoste saltando sobre él y aplastándolo. Aun así, insistió en presionarlo a ver qué soltaba.

"No me importa de qué parte atrasada de Europa viene usted", continuó. "Aquí tenemos algo a lo que nos gusta llamar 'Libertad de Prensa'. ¿Ha escuchado de eso? Es un buen principio para la sociedad. Dicen que la luz del sol es el mejor desinfectante, ¿ha oído usted eso? Pienso que es mejor que nos explique qué sucedió en su iglesia lujosa, porque no puede impedirme que escriba lo que he visto ni que publiquemos las fotos que tenemos". Onís volteó y apuntó a la mancha de sangre, dispuesto a sacudir al hombre. "Hay una historia ahí, escrita en sangre".

Onís salió del sótano con una dirección "para unos mexicanos", según el hombre, que habían alquilado el salón para una fiesta de bautismo. No eran de esa iglesia, pero buscaban un local para su festejo. Todo lo que sabía era que algo había sucedido cerca de las diez de la noche y que uno de los hombres portaba un cuchillo. Eso era todo lo que podía decirle.

Berto no aparecía por ningún lado porque había aprovechado la demora para dar la asignación por terminada y tomar su tren de regreso al cuarto oscuro. Onís concluyó que iría solo a buscar esa dirección, a corta distancia en un vecindario de almacenes y chimeneas industriales.

En unos quince minutos llegaba a una casa de tres niveles que no era mucho más que un rectángulo de ladrillos descoloridos en Maurice Avenue. Un desorden de carros ocupaba toda la entrada de piso de cemento y no quedaba lugar para estacionarse legalmente de ese lado de la calle. Onís manejó frente a la propiedad e hizo un giro en u para ubicar su Cressida al otro lado. Podía ver a varios hombres parados fuera de la casa, detrás de los vehículos. Su corazón se sacudía con anticipación mientras esperaba a que pasara un camión para cruzar y acercárseles. Tres de ellos escuchaban; algunos con las manos en los bolsillos miraban al suelo, mientras el que hablaba apoyaba su pie derecho sobre la pared de la casa y movía los brazos.

Onís se escurrió entre los vehículos estacionados, carros tipo sedán que habían visto mejores días. Cuando el hombre calló, los otros voltearon hacia Onís. Él notó sus bigotes escasos, los tonos marrones de sus caras —nada muy distinto de su propia tez— y supo que estaban considerando su apariencia. Les sonrió de manera absurda.

Oyó a uno de ellos decirle a los otros: "¿Qué quiere este güey?"

Onís levantó su pase de prensa, los saludó, y les dijo que era del periódico. Siguió diciéndoles que lamentaba molestarlos, pero no pudo terminar esa oración.

"No queremos ningún pinche periódico" —dijo el que estaba apoyado a la pared.

"No estoy tratando de venderte el periódico. Quiero ponerte en el periódico".

Onís vio en sus caras que se había equivocado. Sonrió de la misma manera que algunos tosen cuando se sienten nerviosos.

"Vete al diablo", le dijo el hombre.

Dio unos pasos hasta donde estaba Onís, que trató de suavizar la cuestión diciendo lo primero que se le ocurría.

"No es mi intención ofender, mi amigo, y lamento mucho molestarles. Vine por lo de anoche, el lamentable incidente. Yo, yo voy a escribir de lo que sucedió, ¿saben? Vengo ahora mismo de la iglesia, ¿me entienden? Estuve donde todo sucedió, y vi la sangre y todo, y lo siento mucho, lamento su pérdida".

El hombre se había acercado hasta al punto de encontrarse cara a cara con Onís, los dos atrapados en el pequeño espacio entre tres carros. La mente de Onís se fue por una vía paralela y se preguntaba cómo diablos metieron todos esos vehículos ahí, porque apuntaban en distintas direcciones, como piezas de dominó esparcidas sobre una mesa. Estaba preparándose para agacharse y correr si el tipo trataba de darle un puñetazo. Siguió hablando, aun en medio de esos pensamientos.

"Debe ser un momento muy difícil para ustedes… Me imagino por lo que están pasando… Quiero decir que entiendo, que ustedes solamente tenían una fiesta para la niña y…"

El hombre lo interrumpió. "Di lo que vas a decir, puto".

Onís echó una ojeada a las caras de los otros. Ninguno mostraba una pizca de simpatía. Miró sus manos, sosteniendo el lapicero y el cuaderno. Le corría calor por los brazos. Dio un paso atrás.

"Les quiero ayudar", dijo Onís. "Pienso que se tiene que hacer justicia y quiero ayudarles a hablar por la víctima".

Onís se sintió más tranquilo al darse cuenta de que era más alto que este hombre, pero miraba a los otros como quien busca seguridad en los ojos del dueño de un perro rabioso. El hombre estaba tan cerca de él que podía oler la acritud de su sudor y ver cómo brillaba el borde de su colmillo con un toque dorado. Le caían gotas de saliva en la cara.

"¡Para! ¡Para ya de hablar tanta mierda! ¡¿Me oyes, pinche estúpido?! Esa fue la sangre de mi hermano que viste derramada en el piso, y te voy a decir algo: No necesito ninguna pinche ayuda de ti ni de nadie más para hacer justicia. Yo me basto y me sobro como hombre".

Onís escribía a garabatos y tan rápido como su muñeca y dedos podían moverse. Evitaba la mirada del hombre de la manera en que se evita la de una bestia.

"¿Ves estas manos?" el hombre dijo.

Subió sus dedos encorvados frente al rostro de Onís.

Onís notó las líneas del color de la carne oscura. "Voy a buscar al animal que le hizo esto a mi hermano y lo voy a matar con estas manos y me voy a asegurar de que se ahogue en su propio vómito. Después voy a sacar el pito y me voy a mear en su pendeja cara".

El titular al día siguiente apareció en grandes letras cuadradas, impreso en tinta roja. *Bautismo de sangre*, decía. Y el subtítulo, escrito por un corrector de prueba al que no le molestaban los estereotipos, catalogaba el incidente: "Hombre mexicano, cegado por los celos, apuñala a compatriota durante celebración del sacramento. Más información en la página 3". Una foto grande de la escena sangrienta se desplegaba a través de dos páginas, y al lado de esta, en un pequeño marco, aparecía la cara borrosa de la víctima, reproducida de una foto que le dieron a Onís: un hombre con un ligero bigote y una mueca reacia por sonrisa, identificado como un ayudante de mozo en un restaurante italiano de Brooklyn. La historia tenía todos los nombres que no habían aparecido en el reporte policial. Tenía la descripción de la escena para acompañar las fotos: el charco de sangre bajo el efecto de luz parpadeante que creaba el abanico de techo; el confeti blanco y rosado por todas partes; las botellas de cerveza, los souvenirs quebrados. Ofrecía la narrativa de un hombre que airado irrumpía en la fiesta del bautismo de su hija. Arrebatado por la pasión, saltaba sobre el novio de su exesposa, blandiendo un cuchillo de multiusos con filo serrado, que clavó en su espalda más veces de lo que la gente en la fiesta quiso contar. La crónica contaba el horror de la gente; de mujeres en etéreos vestidos en chifón, que se pisoteaban unas a otras tratando de llegar a la salida; de la niña bautizada que gemía y temblaba en su bata angelical; de los gritos homicidas del sujeto al lacerar aquel cuerpo que se crispaba: *¡Muérete maldito! ¡Muérete!*

Onís citó al hermano de la víctima, relatando cómo sus ojos se llenaron de lágrimas al afirmar: "Voy a buscar al animal que le hizo esto a mi hermano y lo voy a matar con estas manos y me voy a asegurar de que se ahogue en su propio vómito".

Era su primera crónica negra, una perversa historia que lo enorgullecía.

Actualizar tu estado

Caminas hacia tu vehículo con ese salto en los pasos que dejaste en tu niñez. Hay un torrente de líquido en tus arterias. Sientes el nerviosismo de la vida. Abres el baúl, tapizado con una alfombra vacía y gris, y pones allí tu bulto de cuero sintético: en él, tus papeles, tu portátil, tu teléfono supuestamente inteligente, tus lápices afilados, tu sacapuntas de época, tu reproductor de multimedia, tu billetera con sus tarjetas de crédito, tus preocupaciones.

Este día está rebosante de luz. De los árboles, que todavía proyectan largas sombras, caen unos palitos llenos de semillas que se desperdician como onanismo sobre el pavimento. En otro día ese polen te despertaría las alergias: te picarían los ojos, se asomarían lágrimas y tu nariz bulbosa sería un grifo desagradable. Hoy no. Es un día de esos en que la brisa te trae recuerdos —como aquella primera visita a la playa y ese olor salino del que está hecho el universo, la redondez de la tierra, el sabor de una mujer.

Así surge la idea de irte a la playa. Abres el techo deslizable, bajas los cristales y te pones unas gafas oscuras. Que se vaya todo al diablo. Pones en la radio tu música favorita, esos golpes metálicos y la voz de mujer, suave, los tonos misteriosos del que parece el tema musical de una película —y tú eres el actor, el protagonista. Sales de la congestión de la ciudad y te encuentras en la autopista, arrebatado por el viento.

Se te va el tiempo y de pronto estás a la entrada del estacionamiento de la playa. Saludas al guardia de la caseta y le pagas. Le dices que se quede con el cambio y él te mira confuso, ni siquiera dice gracias. Encuentras el lugar perfecto, una sombra para tu auto, y al salir te acuerdas de la corbata. La desanudas y tiras de ella. La dejas sobre el asiento y te desabotonas el cuello; dos, tres botones. Te arremangas la camisa. Te sientas y te quitas esos zapatos de cuero, tan apropiados para las alfombras e inútiles sobre la arena. Te sacas la camisa y la dejas por fuera.

A esa hora hubieras estado allá, en la incesante lucha por mantener limpia tu casilla de correos, desvariando entre esos mensajes que dicen haz esto, haz aquello, y la base de datos que manejas, el proyecto, las reuniones, el estímulo del café, el teléfono, las pequeñas cortesías de la vida en oficina. Aquí no hay nada de eso. Solamente aire que no te pide permiso para rozarse contra ti; y agua que ruge allá en la orilla, se levanta y vuelve a caer y desprende una efervescencia. Ahí vas tú, descalzo, despeinado, con el único fin de meter tus largos pies en el agua.

Está fría, pero eso te gusta, te hace sentir. Ves tus dedos, feos sobre esa arena esponjosa. Ves las venas que sobresalen sobre tus pies. Hay sangre en ellas. Eres un cuerpo. Se te había olvidado eso, que eres un cuerpo, que tienes tus necesidades, como por ejemplo la caricia de una ola. Eres un cuerpo y a veces quieres otro cuerpo. Ah, te espera otro cuerpo en casa: qué podría ser mejor que pegarte a él, anudarte con los brazos, sentir la respiración.

Por un momento se te va la mente: ¿Qué hará a esa hora tu compañero de cubículo? De seguro está navegando por las redes sociales y dejando pensamientos entrecortados con los que simula su genio. *Tal por cual piensa que el trabajo sería más divertido si no tuviera jefes.* O tal vez: *Este que escribe necesita un estímulo biológico, no económico.* O qué tal: *Mi otro yo siente un impulso dentro de su cabeza que le dice: 'Mejor estar solo.'* Ah, qué tonto tu compañero: se pasa el día pensando frases ingeniosas que le ganarán uno que otro comentario de personas que apenas conoce. Si tuvieras que decir una frase para actualizar tu estado en ese momento dirías: *Este que piensa no quiere pertenecer a nadie.*

Ya estás sentado en la arena sin que te importe nada y te dejas ir y te recuestas, allí mismo, con las gafas puestas y los ojos cerrados, y así ves el sol esparcido en el rojo vivo al interior de tus párpados. Te quedas hasta que quieras, y luego te pones de pie y caminas un rato, hasta donde las gaviotas. Te recuerdas de una frase bíblica, tan quemada que prefieres dejarla pasar, aunque fuese escrita para este instante de no preocuparte por comer o beber o por la ropa que has de ponerte. A las gaviotas tampoco les importa.

Recuerdas a tu jefa. Estabas ocupado con tu base de datos cuando te mandó llamar. Cuando ibas a la oficina sentías tus pasos secos, como si tus talones desnudos golpearan el piso. No esperabas nada. No tú. Tal vez otros. Llegas y saludas: Todo bien, hasta que ella voltea y le ves una pesadez en la cara.

La memoria te llega sin emoción, un toque de irrealidad.

"No sé cómo decirte esto", te había dicho.

No te dabas cuenta y sonreías, como para facilitar las cosas.

"Nos hemos visto forzados, otra vez, a revisar el presupuesto", decía. "Hay que hacer cambios para mantener la salud fiscal de la compañía".

Casi terminabas la oración y le decías que no había problema, que entendías perfectamente si tenían que clausurar tu proyecto, que luego se retomaba. Eso lo veías venir, porque era suficiente con manejar las bases de datos de clientes.

"Se me hace doloroso decirte que vamos a tener que prescindir de tus servicios, pero debes saber que esto no es una evaluación de tu trabajo sino un lamentable ajuste económico, y que estoy dispuesta a recomendarte si solicitas en alguna otra empresa".

Lo que siguió fue silencio. Un silencio incómodo para ella, porque para llenar el aire de sonidos más o menos repitió lo mismo. Pero tú estabas asombrado con la primera voz que te venía a la cabeza: *¡Esto es maravilloso!*

Ella te hablaba de los beneficios de liquidación y la interrumpías con la pregunta más inaudita.

"¿Puedo llevarme la planta que tengo en mi escritorio?"

Ella te miraba sin pestañear.

"Es que quiero seguir dándole agua. La necesita una vez por semana y Sergio no lo va a hacer". Seguías balbuceando: "De seguro va a estar muy ocupado tomando mis responsabilidades, y…"

"Claro que sí", te decía ella.

Tú sonreías, aunque no entendías el porqué. Te sorprendía un regocijo inexplicable.

Diez minutos más tarde salías de allí, camino a Recursos Humanos —"Recursos Inhumanos", les llamó tu compañero de cubículo— y buscabas tu último pago y esos papeles que guardaste sin mirar, pero que te hicieron firmar antes de liquidarte. "Le deseamos la mejor de las suertes" dijo una mujer de buches carnosos y ojos inexpresivos. "Gracias", le dijiste.

Te dabas cuenta de tu situación. No podrías quedarte con ese jardín donde en ese momento algún cardenal saltaba de rama en rama. Tendrías que sacar a los niños de las clases privadas de música. Tú y tu esposa tendrían que devolver uno de sus dos vehículos, probablemente el tuyo. Esa casa tan acogedora no era tu casa. Nunca lo había sido. La vista al área de conservación que se extendía desde el patio no era tuya. Pronto empezarían a llamar los de las tarjetas de crédito, y no les contestarías.

Todo ello te llenaba de una inmensa alegría. Era mejor así. Te decías todo eso, y las olas iban y venían, sin más.

Bienvenido a la patria

Versión en inglés publicada
en The Piltdown Review
el 19 de diciembre de 2018.

Aunque había encontrado un vuelo directo desde el Kennedy a ese aeropuerto a medio paso entre los llanos de las provincias de Santiago y Espaillat, el intermedio de océano y cielo, de nubes que se derretían, se volvió una nada de pensamientos que iban y venían entre visiones, su mente repitiéndose como trozos fallidos de frecuencias radiales por caminos montañosos. Eduard había soñado que se ahogaba en una corriente blanca y cremosa de leche, y se vio como un niño de piel mojada y resbalosa bajo el sol. Sus brazos batían a contracorriente y sus manos tensadas apuñalaban el río, aunque él no podía decir si lograba alguna ventaja contra el caudal. Despertó falto de aire y sin saber si alcanzaría la orilla.

El aplauso lo espantó a la vez que las gomas rayaban la pista y rodaban hasta detenerse. Un poco más tarde, se bajó del avión con los otros pasajeros y casi fueron espoleados a través de las estaciones de aduanas por unas guardias desafectos que los encaminaron hasta la sección de equipaje de la terminal, donde les siguió un conjunto típico, unos hombres que cantaban, hacían movidas de baile y sacaban a la fuerza un ritmo sincopado de sus instrumentos —un acordeón apretado y estirado hasta hacerlo gemir; el rayador metálico de una güira, cuya fricción chillaba en los dientes; el barril de una tambora que colgaba del cuello y latía como un corazón hueco; un saxofón descolorido que chirriaba su angustia espasmódica. Los viajeros estaban en un ambiente festivo, aplaudiendo y poniendo dólares en las manos y los bolsillos de los músicos. Eduard sintió ganas de caminar hasta donde estaba el güirero —un tipo al que consideraba demasiado mayor como para que anduviera sacudiendo sus caderas de manera insistente— y darle un trompón en la cara. Eduard era uno de los pocos pasajeros que no andaban arrastrando una flotilla de maletas por aduanas y, después de la pérdida de tiempo que representó su entrevista con un oficial de inmigración (ella preguntó, "Míster Monción, ¿usted está aquí para negocio o placer?"; Eduard contestó, "Ni una cosa ni la otra"; ella pestañeó y entonces dijo, "Marcaré eso como placer"), se detuvo en la cavernosa terminal del aeropuerto tratando de recobrar algún sentido de dirección: ¿Dónde estaba el sol? ¿De qué lado quedaba el pico de la montaña Diego de Ocampo? ¿Qué había sido de este lugar donde él tuvo su comienzo en la vida?

Un hombre flaco de cara grasosa y una fina capa de pelo ensortijado agarró la maleta que Eduard había dejado cerca de sus pies, irrumpió en sonrisa sin razón que mostraba la ausencia de un premolar, e hizo su oferta. "Bienvenido a la patria", dijo en esa voz resbalosa de las Grandes Antillas, y continuó: "Dígame, ¿para dónde vamos hoy?" Eduard recordó admoniciones sobre viajeros llevados por taxistas a terrenos de tabaco y desnudados hasta sus pantaloncillos apretados. Reconoció la tintura de la luz que desaparecía en el horizonte y consideró sus opciones.

El hombre seguía sonriendo.

"¿Me puede llevar a un buen hotel en la ciudad?"

El chofer trató de iniciar alguna conversación mientras manejaba por una carretera derecha, enmarcada por pasturas para el ganado. Preguntó cuánto hacía que Eduard no visitaba "la República", como él la llamó.

"Más de veinte años".

No se dijeron más palabras.

En la radio sonaba un merengue sobre un hombre que quería encontrar una novia que no mirara en su cartera. Los caminos rurales dieron lugar a avenidas que se enrollaban alrededor de la ciudad y el chofer llevó a Eduard a un hotel con entrada ornamentada por palmas trasplantadas y un vestíbulo de baldosas blancas que insinuaban cierta desesperación. Eduard le preguntó al hombre cuánto cobraría por transportarlo de sitio en sitio por el siguiente par de días. El hombre dijo su cifra y sonrío ampliamente.

"Mire, yo me crié aquí", Eduard le dijo. "Eso es demasiado".

El chofer le ofreció a Eduard una expresión de lástima, pero bajó el precio un cuarto. "Tengo cuatro hijos de mantener. No lo puedo hacer por menos, usted sabe".

"Esté aquí mañana a las diez, entonces. Encuéntreme en el lobby".

❋

Eduard no soñó nada esa noche, o si lo hizo no se podía acordar cuando abrió los ojos y se sintió como un objeto fuera de lugar en ese cuarto de hotel. Miró por la ventana hacia un paisaje que le parecía tanto familiar como foráneo: La aglomeración de edificios en forma de cajas, cada uno de varios pisos de altura, ascendiendo y bajando con las colinas de esa tierra; las muchas cisternas que simulaban quistes sobre los techos de concreto; el verde claro de los árboles de jabilla que ocultaban el veneno de sus frutas; y más allá, las curvas suaves de montañas sin pretensiones. El chofer se volvió a presentar en el lobby —"Llámeme Aguilera", dijo— y le dio a Eduard esa sonrisa del diente ausente. Le comentó a Eduard que se veía elegante en su chaqueta negra.

"Vamos a un funeral".

La sonrisa de Aguilera se congeló. "Mi más sentido pésame, señor".

Él se desdobló en sí mismo viendo como decía más de lo que pretendía. "No hay necesidad de penas. Mi padre murió y voy a presentar mis respetos, eso es todo. No éramos realmente cercanos, no como un padre e hijo normales. Yo no sé cómo son un padre e hijo normales, pero no lo había visto desde que yo era niño y él llevaba su vida, su familia aparte, sus otros hijos, separados de mí y mi mamá. Solamente hablábamos una o dos veces al año, usted sabe. Yo no lo había visitado desde que salí de aquí siendo niño, pero es esta situación en que…"

Su voz se apagó. Eduard pensó que aunque lograra transmitir lo que sentía no podría estar seguro de que otros le entenderían.

"Pero él fue quien te puso en esta tierra, y eso cuenta para algo", dijo Aguilera. "Tal vez no para él, pero para usted".

Eduard se sintió agradecido de esas palabras simples, aunque no lo dijo.

"Vámonos entonces" dijo, después de un momento.

La funeraria estaba en la parte baja de la ciudad y Eduard olió el lodoso Río Yaque mientras se acercaban. Miró por la ventana hacia las estrechas calles de una vía y de pequeñas aceras, cargadas de comerciantes. Sus mostradores desplegaban carteras, libros religiosos, pociones e incienso; había viejas revistas del extranjero, incluyendo esas pilas en la parte baja, mayormente para muchachos en busca de conocimiento carnal. Él podía ver las pizarras de contrachapado en las que los quinieleros mostraban las taquillas de lotería de la semana, tiras de papel con kilométricas series de números y remotas probabilidades. Se recordó de su madre apuntando a una quiniela, dando sus pesos y diciéndole que compraría la bicicleta que él deseaba si algún día se sacaba el premio mayor. Nunca lo consiguió. Llegaron al edificio de la funeraria, que parecía un gran mausoleo en la esquina de la Avenida Veintisiete de Febrero.

Aguilera, de rostro brilloso bajo una persistente y fina capa de sudor, dijo que dejaría a Eduard frente a la funeraria y se iría a buscar estacionamiento. Mientras Eduard subía los escalones, vislumbró la bandera en cuatro cuartos que ondulaba su orgullo nacional hasta partirse a pedazos al tope de su asta. Le pasó por el lado a unos adolescentes, dos muchachas y un muchacho sentados en los escalones. Le miraron con desinterés y apenas movieron las piernas para que él pudiera pasar. Eduard reconoció su nariz en sus narices, bultos de carne contorsionada. Haló una de las puertas de vidrio para entrar a un pasillo de alfombras mullidas y se detuvo para mirar y orientarse. Notó un monitor que servía de directorio giratorio, una especie de horario de recientes despegues. En él estaba el nombre del progenitor y direcciones a su puerta de embarque: *Julio Monción. Que en paz descanse. Capilla La Altagracia, Piso 3.*

Eduard tomó el ascensor y emergió hacia una sala de muebles antiguos donde una mujer en ropas oscuras, de pelo recogido en moño, sonrisa apagada, le preguntó para qué podía servirle. Él miró hacia la izquierda y vio la sala y, en la parte de atrás junto a la pared, el ataúd en caoba a medio abrir en que el cuerpo yacía. Caminó hacia él en un trance de vacío y no se detuvo hasta que estuvo frente a lo que parecía una figura de cera: tenía la nariz esa, la frente amplia y los labios de marcado arco de Cupido que él estaba acostumbrado a ver en el espejo. Ida estaba la expresión de un hombre al que no le importaba nada. Escuchó un revoloteo a su espalda y la voz trémula de su tía, "Él vino a despedirse".

Él había recibido la llamada un martes en la mañana de esa misma tía desde Providence, alguien a quien Eduard apenas conocía, para informarle que el corazón de su padre había cesado. Él contempló a través de una estrecha ventana las capas de gris, ese cielo típico de las mañanas entre temporadas de la ciudad. Ella ofreció en detalle los datos de los servicios funerarios y le preguntó a Eduard si debían esperar hasta que él llegara. Él dijo que no, presionó el botón para cerrar el teléfono y regresó al reflejo de su rostro, untado de crema de afeitar. Ignoró los timbrazos recriminatorios que siguieron mientras sus pensamientos lo transportaban a la última conversación con su padre a través del Atlántico.

"Entonces, ¿cuándo vas a venir a visitar? ¿Pasar un rato con tu viejo? ¿Sentarte bajo la sombra de un árbol? Tú sabes, ¿comer frituras y darte

unos tragos de ron para pasar el rato?" el progenitor le había preguntado.

Eduard era un adolescente cuando su madre
incitó por vez primera esos vacíos intercambios de
palabras, pero él había continuado las llamadas,
por cuestión de hábito, cada vez que era año
nuevo en la isla, a una hora por adelantado de su
zona horaria. Esa última vez Eduard dijo algo sobre "preparar el negocio para la ocupada temporada de las declaraciones de impuestos", y que le
gustaría visitar, "tal vez en otra época del año". Se
oyeron petardos explotar del lado del Trópico.

Eduard sintió ganas de decir algo substancial,
aunque no le salía. Su padre esperaba a que él le
pidiera la bendición, como mandaba la costumbre. Eduard no consiguió hacerlo.

"Adiós", dijo.

"Que Dios te bendiga, muchacho".

La memoria había sacudido algo en él.

Eduard habló a su rostro en el espejo: "Un
hombre debe asistir al funeral de su padre".

Este hombre cuyo cascarón vacío yacía delante de él había consentido a su responsabilidad
paternal un mes después de que Eduard respiró
su primer aliento en el pasillo del Hospital José
María Cabral y Báez, una vieja instalación gubernamental donde el mito urbano decía que una

serpiente monstruosa, oculta en el sótano, se alimentaba de los fetos abortados ilegalmente. El relato que se transmitió en la familia contaba que su madre se encontraba entre tres mujeres que caminaban de un lado al otro del pabellón de maternidad y que esperaban por una cama esa mañana. Las enfermeras ignoraban sus quejidos y los doctores se habían hecho invisibles para que no los molestaran. Ella encontró una esquina cerca de una fuente oxidada, se apoyó sobre ella, se bajó los pantis y se aplastó para evacuarlo hacia la existencia. Las enfermeras se apresuraron a limpiar el tollo y a envolver el nuevo cuerpo en una toalla.

Monción conoció al bebé días después de que ella había regresado a casa. Lo primero que hizo fue deshacer el paño de tela para percatarse de la virilidad del bebé.

"No puede ser mío", declaró entonces. "Yo no pinto varones".

Ella le dijo que le devolviera a su hijo y se fuera al diablo. Monción se marchó sin más, pero regresó varias semanas después diciendo que tuvo un sueño en el que cargaba al muchacho y le daba a tomar leche de un biberón cuando el niño se detuvo, lo miró a los ojos, y dijo "Papá". Esa resultó ser la confirmación que su ego necesitaba y, sin más objeciones, había procurado un certificado de nacimiento del ayuntamiento municipal y lo sostenía para mostrar que le había dado a su hijo un nombre y apellido: Eduard Monción.

Estaba ahí parado con el papel en la mano como si esperara a que le dieran las gracias.

"Puedes venir a visitarlo, pero necesitamos dinero para la leche", dijo la madre de Eduard.

Él pidió cargarlo y se lo pasaron. El bebé se sobresaltó con la voz estruendosa del padre y se desbarato a gritos hasta que su madre lo sostuvo de nuevo. Monción sonrió y dijo que con el tiempo el muchacho se acostumbraría a su presencia, que ese arranque solamente era señal de buenos reflejos y mejores pulmones. Después de eso, Monción acostumbraba a visitar cuando le daba la gana: reaparecía después de ausentarse por meses a la vez y se maravillaba en voz alta de qué tan grande era su único hijo y cuán apuesto, de lo mucho que se parecía a él y se jactaba de que cuando fuera hombre sería un éxito con las muchachas, igual que su pai. En rara ocasión llevaba a Eduard a que le cortaran el pelo y a comer helado y a que estuviera a su lado por horas y le viera jugar dominó con viejos hombres gastados.

Eduard cumplía diez u once años aquel día en que Monción llegó en la motocicleta de cuatro cambios que poseía en esos días. Siquiera por esa vez se había acordado y había llamado para avisar que lo llevaría esa misma tarde a un partido de béisbol. Las Águilas estarían batallando contra Los Leones para un sitio en las finales y este sería el confrontamiento decisivo. Eduard sintió que algo lo levantó, lo tiró hacia el cielo y lo trajo de regreso al mismo sitio donde estaba parado, y vació dos galones de agua en un cubo y se estregó y se enjuagó bien él mismo y se vistió con su camiseta amarilla y pantalones fuerte azul y le pidió a su madre que lo peinara y se sentó en el umbral, a esperas del borboteo de la moto.

Esa tarde Eduard se agarraba de las pretinas de los pantalones de su padre mientras el motor tiraba cambios y ellos se escurrían entre los carriles de automóviles. Cruzaban por una línea de tráfico, colándose hasta el Estadio Cibao; la luz de la tarde era resplandeciente entre el amarillo dorado de las gorras, camisetas, faldas y banderines de los fanáticos. Un conjunto típico tocaba el himno del equipo cerca a la entrada del estadio, un viejo merengue sobre la leña, cómo animaba las llamas y era un símbolo de fuerza, nada diferente de las pasiones de los fanáticos ante el chasquido del bate en un buen juego de béisbol.

El partido no decepcionó. Los corazones de los fanáticos se fueron a tropel, todos los ojos sobre los hombres que se robaban las bases y se tiraban de clavado para atrapar la pelota. Entrada tras entrada, los equipos contestaron la agresión del contrincante con bates que tronaban.

El equipo visitante de Los Leones superaba al equipo de la casa para el final del juego, pero quedaba una oportunidad. No se pudo tramar mejor: era el final de la novena entrada y Las Águilas iban al plato, bates en mano. Estaban perdiendo por una carrera con dos outs en la pizarra. Un corredor llegó a primera por una base por bolas —

era un prospecto americano de esos jugadores importados para la temporada en la liga invernal. Al bate estaba el número catorce, el que los jugadores de calle y terrenos baldíos en los barrios de la ciudad querían ser. Era el receptor estrella que había llegado lejos en las ligas mayores de Estados Unidos, y, no obstante, regresaba cada invierno a jugar pelota en su tierra.

La mayoría de los fanáticos se pusieron de pie, y muchos se apretujaron contra las vallas del lado del bullpen, desde donde gritaban las peores obscenidades a un ampáyer barrigón de primera base. La gente pendía de cada lanzamiento y la promesa o fracaso que colgaba de las leyes de la física y la voluntad de los hombres, siendo esa la razón de ser del deporte, la ilusión de control que puede ejercer el deseo. Después de varios intentos, el hombre conectó.

La bola salió disparada por el medio y los aguiluchos se volvieron casi locos. Hombres y muchachos, incluso mujeres, saltaron sobre las mallas ciclónicas y se desparramaron sobre el terreno de juego. Casi le pasaron por encima al ampáyer que huía cuando invadieron el diamante, pero a ellos lo que les interesaba era rodear a su héroe mientras corría por las bases. Entre el desafuero de gritos y afirmaciones de poder que se repetían en las gradas, Eduard y su papá se abrazaron y saltaron juntos como idiotas felices.

Él recordaba ese momento cuando la tía se le sentó al lado durante el velorio. Ella le dijo que su hermano mayor fue un pilar de la familia y aceptó que él tenía sus debilidades, "como cualquier otro ser humano", por lo que quiso decir que fornicaba hasta con una escoba con falda.

"De todos ustedes…" dijo ella, antes de pausar.

Él pensó en lo que ella quiso decir por "todos ustedes".

"De todos ustedes, él se sentía más orgulloso de ti, Eduard. Tú le recordabas cómo él era cuando era joven, con tu negocio y todo eso".

Eduard sintió una mezcla de repugnancia y orgullo. Él no era como el hombre que podía romper el corazón de un niño.

Julio Monción había ido de vender y distribuir productos alimenticios a colmados a manejar un almacén y de ahí a tomar dinero prestado, poner un almacén y lanzarse por sí mismo al negocio a por mayor. Sus visitas se hicieron menos frecuentes, y también sus contribuciones para la leche o cualquier otra cosa. Se olvidó de los cumpleaños y de todos los días de fiesta, y nunca volvió a llevar a Eduard a un partido. Después de un tiempo ni siquiera se acercaba al barrio donde Eduard y su mamá vivían en una línea de simples casas de madera que se inclinaban en la dirección de la bajada. Monción estacionaba su camioneta en la carretera principal, dos carriles pavimentados a un kilómetro y medio de distancia, y enviaba a un empleado a llevar su entrega —y a buscar a Eduard y llevárselo a él para darle la bendición, y tal vez unos pesos.

Aun esas visitas eran rarezas y se limitaban a ocasiones en que Monción iba a parar a ese lado de la ciudad por cuestiones de negocios. La madre de Eduard lo llamaba numerosas veces, pero las secretarias le decían que no estaba o que estaba en alguna reunión con clientes.

Un día polvoriento de verano ella vistió a Eduard como si fuera para la iglesia y se montaron en autobuses públicos con los trabajadores de la zona franca y los jornaleros haitianos y fueron a dar hasta el otro lado de la ciudad, hasta llegar al almacén "para recordarle a este hombre que él tiene un hijo", según ella misma verbalizó. El paseo le había parecido divertido a Eduard, una excursión más allá de paisajes desiguales de edificios cuadrados que se esparcían sin ton ni son, hasta que se encontraron parados afuera de una gran pared de bloques de cemento, debajo de un letrero con el mismo apellido de Eduard en grandes letras cuadradas: Monción & Asociados.

Pasaron por la puerta principal y los dirigieron de persona a persona hasta una parte trasera del almacén, donde había algunos escritorios dispuestos entre pilas de sacos de arroz. Monción pareció sobresaltarse cuando un empleado le dijo que tenía visitantes, y se volteó hacia ellos, entornando los ojos. Caminó abruptamente hacia donde estaban, sin ofrecer ni una pizca de sonrisa, y agarró a la madre de Eduard por el codo. Sin decir una palabra, la guio por los pequeños espacios entre los pálets, todo el camino hasta la salida y hacia afuera del almacén.

Eduard los siguió apurado y notó el bulto en la cintura de su padre, recordando esos largos revólveres que llevaban los vaqueros en los westerns norteamericanos. Los tres estaban frente al negocio en el calor del mediodía, sus sombras reducidas a círculos ovalados debajo de sí mismos. Ella usó su brazo libre para tapar el sol de los ojos. Su papá la sacudió como una muñeca de trapo, y ella tambaleó varios pasos hacia la calle antes de poder equilibrarse.

"Si vuelves a hacer esto, si vuelves a presentarte por aquí", dijo él en aquella voz de trueno que una vez hizo a Eduard llorar, "voy a quitarme la correa en frente del personal del almacén y te voy a enseñar una lección que no se te va a olvidar. ¿Quién te dijo que podías venir a joder por aquí? Mujer loca…"

"¡¿Cuál es el problema?! Yo no te parecía tan loca cuando venías a visitarme a cada rato y me jurabas que no tenías esposa", le recriminó ella. "¿No quieres ver a tu hijo? ¿A tu único hijo?"

Julio Monción miró a Eduard, sin odio ni amor pintados en el rostro.

"Él no es mi único hijo", dijo. "Eso era antes".

Eduard tenía doce o trece años entonces. En ese instante sus ojos se abrieron a un nuevo mundo: notó la aspereza del pavimento negro, desparramado de manera desigual; los pelos sueltos que su padre había dejado sin rasurar en su quijada; la capa de humedad debajo de los ojos de su madre, hecha de sudor y algo más. Sintió náuseas al percibir la intensidad amarilla de las paredes del almacén y el calor agobiante que les abrazaba. Odió todo y a todos, incluso a sí mismo. Pensó en halar el revólver del cinto de su papá, ¿y hacer qué? No podía pensar bien.

"Si no quieres que venga, envíame el dinero de la leche entonces…"

"Mayra, no me provoques. Yo no te voy a dar ningún dinero para que te vayas a gastarlo con algún vago en ese barrio sucio".

Eduard siempre recordaría cómo el hombre del que se desprendió parte de su vida se detuvo y lo miró con ojos que parecían ser criaturas en sí mismas antes de tornarse a la mamá de Eduard otra vez.

"¿Dime, por qué este muchacho va a necesitar leche? Él no es ningún bebé. Debes conseguirle un trabajo para que te ayude a comprarla. Empieza a enseñarle ahora porque él no va a estar montado en mi espalda para el resto de su vida, y este país está jodido porque está lleno de tajalanes bebeleches que no dan un golpe".

Eduard se acordó del humillante viaje de vuelta en el autobús. Cargaban gruesas latas de leche en polvo que se volteaban y salían rodando cuando las grandes ruedas caían en algún bache o cuando el bus se detenía para dejar y recoger pasajeros, raspando la arena al lado de los caminos. Su mamá había ganado la discusión al amenazar con llevarlo a corte, diciéndole, "Acuérdate, tú le diste tu apellido. Estás obligado a mantenerlo". Monción dijo que no le daría dinero, pero preguntó cuánta leche Eduard se bebía en un mes. Ella exageró: "Seis latas".

Después de ese día, Eduard había tenido que aprender a llegar al almacén para hacer ese viaje una vez al mes. A veces sentía ganas de ir, anticipando esos ratos en que Monción se lo llevaba en su camioneta, sus asientos olorosos a cuero nuevo, y lo presentaba a clientes como su "ayudante". Eduard se había acostumbrado a llevar el maletín donde su papá tenía los talonarios con copia en papel carbón para completar las órdenes, su calculadora grande y un rollo de papel que usaba para imprimir recibos timbrados para sus clientes.

Con cada visita, además, se esperaba que Eduard pidiera su bendición, como todos los hijos. Su padre decía, "Que Dios te bendiga", como todos los padres. Era un sutil pacto en la cadena de suplicaciones y buenos deseos que era una moneda de gracia entre los hijos y sus padres.

En los días en que Monción no estaba, era una asistente que daba a Eduard sus seis latas de leche en polvo, entregadas con un recibo del almacén, marcado como donación con un valor específico en pesos y centavos, y lo despachaba.

Las visitas continuaron después de que la madre de Eduard se fue a Nueva York y después de que ella empezó a enviarle suficientes dólares para que se comprara cualquier alimento que le apeteciera. Eduard recogía su leche de todas maneras, aunque donaba más de la mitad a una vecina sin recursos que vivía al final de su calle.

Eduard le dijo a su papá un día de mayo que le habían otorgado visa y que pronto seguiría a su madre a vivir fuera del país. Su padre lo miró como si ya se hubiera transfigurado en una memoria, sentada al lado de pasajeros de su camioneta, y expresó el pensamiento más absurdo que un padre podría ofrecer en ese momento.

"Entonces, ¿no vas a necesitar más leche?"

El día que Eduard estaba listo para marcharse se dio cuenta de que había estado esperando una visita final de ese hombre que lo puso en la tierra, pero el autobús que lo llevaría al aeropuerto llegó esa tarde y no había señales de Monción. Eduard llamó al almacén. La misma asistente que usualmente le daba las latas de leche le dijo que Monción no estaba. Andaba visitando clientes.

Hubo un momento de silencio en la línea.

"Que Dios te bendiga", dijo la asistente.

Eduard dijo a los familiares que conoció en la funeraria que regresaría para el entierro, aunque no tenía intención de volver. Aguilera esperaba al lado de la puerta, las manos enlazadas detrás de su espalda. Tenía puesta una chaqueta en azul marino, toda estrujada, que lo hacía verse más empobrecido. Debía ser que la llevaba doblada en su baúl para esas ocasiones. Aguilera lo siguió en el descenso por las escaleras, hasta que estuvieron afuera en una tarde de luz cegadora, como aquel día en el estadio o la tarde afuera del almacén.

Eduard se detuvo a esperar a que sus ojos se ajustaran.

"A según el tiempo pasa se hace más fácil, usted sabe", dijo Aguilera.

"Gracias", dijo Eduard. "Necesito que me lleve a un lugar".

Eduard bajó a maniguetas la ventana y dejó que la brisa tibia alborotara su pelo. El paisaje por los predios de la Avenida Circunvalación le era remotamente familiar. Los que antes eran largos pedazos de tierra baldía se habían llenado de edificios con balcones rectangulares, donde según le informó Aguilera los apartamentos los vendían a niños ricos y muchos expatriados, como él.

"Parece que este país ha cambiado mucho", dijo Eduard.

Aguilera le echó un vistazo por el espejo retrovisor y dejó escapar su sonrisa tonta.

"Sí", dijo Aguilera. Miró adelante, hacia el tráfico. "El país ha cambiado mucho para la gente que tiene dólares".

Llegaron a una rotonda que era la entrada al vecindario de su niñez, y Eduard no alcanzaba a reconciliar la sencillez del círculo de tráfico y sus superficies corroídas con la memoria de una fuente desde donde los chorros de agua se levantaban en arcos y caían a un superficial estanque de losetas verdes, aquel lugar donde los jóvenes amantes se sentaban en los bancos a explorar el cielo de noches sin nubes.

Aguilera vio que Eduard miraba.

"Esa fuente dejó de trabajar hace dos o tres gobiernos", dijo, sin que nadie le preguntara.

Eduard le instruyó a que hiciera la primera derecha fuera del círculo y que después tomara una inmediata izquierda hacia la primera calle. Iban a paso de hormiga por la Avenida Franco Bidó, de hoyos que parecían cicatrices. Aguilera manejó el resto de ese trayecto hasta que llegaron a una intersección principal cuyos alrededores habían sido talados. Eduard hizo señas de que se detuviera y abrió la puerta y salió del vehículo; miraba de izquierda a derecha y hacia la propiedad en esa esquina. Aguilera había salido de su vehículo y estaba inclinado sobre la capota.

"La escuela no está aquí", dijo Eduard. "Mi escuela ha desaparecido".

Eduard miró hacia la propiedad, su entrada con verjas, y los ángulos cortantes de la repetida fachada de un complejo residencial más. No podía distinguir ningún rastro del viejo patio escolar ni del montículo donde antes estaba el asta y un gran roble de corteza plegada, esa sombra bajo la que él y otros estudiantes esperaban en formación antes de las clases, manos en sus corazones, cantando un himno que hablaba de romper las cadenas de la esclavitud. Pensó que él nunca podría regresar y decirle a nadie "Esta fue mi escuela", y ese entendimiento lo entristeció. Al perder rastros de su pasado, perdía también trozos de su futuro.

La siguiente mañana Aguilera llegó temprano, como Eduard le había pedido. Arribaron a la Catedral de Santiago Apóstol a tiempo para que Eduard se encaminara hasta el carro fúnebre y agarrara una de las manijas para levantar el ataúd y ayudar a cargarlo hasta el vestíbulo, a través de la nave de aquella iglesia de blancos interiores. El cuerpo era más pesado de lo que él esperaba.

Los pensamientos de Eduard regresaron a aquella tarde en el estadio. Habían caminado hasta el estacionamiento, apretujándose contra los cuerpos tibios de los otros, y se habían causado ronquera de tanto vocear frases celebratorias. Él recordó la euforia, las pieles brillantes de los muchachos que se trepaban a un árbol afuera, los fanáticos abarrotados en vehículos, sentados unos sobre los otros, los jóvenes que colgaban de las

colas de motocicletas y ondeaban banderas amarillas. Lo veía todo como aquel día: su padre había
salido del tráfico y fluía hacia abajo por la orilla
del río, donde las multitudes se reunían a los lados
y celebraban cada vez que oían el tronar de bocinas. Algunos choferes habían atado latas vacías a
los parachoques de sus vehículos e iban por las calles haciendo alboroto, gritando que eran los cam-
peones, como si hubieran ganado alguna cosa.

Post mortem

Publicado el 12 de agosto de 2019
en ViceVersa Magazine.

He visto cuerpos todavía calientes, desangrándose en el piso de un aposento donde el hombre mató a su mujer para limpiar el sucio de su conciencia, y después se mató él. Lo he visto más veces de lo que quiero relatar. Es que hay una combinación de cosas que vuelven locos a los hombres a cierta edad. Nuestras frentes se agrandan y el pelo se nos destiñe y los músculos pierden la definición y nuestras mentes cruzan por mañanas de mucha neblina. Descubrimos un día cualquiera que todo el deseo del mundo no es suficiente. Yo reunía todas las condiciones, aquella tarde que mi esposa me envió un mensaje de texto que no entendí.

"Me dejaste esperando, Alfred", decía.

Y segundos después: "No sé si te voy a perdonar".

Iba a responder cuando el teléfono de la oficina sonó. Una conversación llevó a la otra y, más tarde, asistí a una reunión pautada esa tarde en anticipación a un juicio importante. El día se me fue, convirtiéndose en una de esas jornadas en que uno se pasa las horas ocupado y no logra nada. Caminé ese atardecer hacia la última rampa del estacionamiento municipal, mi bolsa de cuero en mano, sintiendo el aire gélido que envolvía la ciudad. Subí a mi Compass, puse la estación de noticias, más por costumbre, y saqué mi teléfono por un momento para leer pensamientos ajenos en Facebook.

Fui a escribir a Mildred, para decirle que estaba a punto de salir, como todos los días. Volví a ver su mensaje. Me pregunté: "¿Y quién diablos es Alfred?" Empecé a escribir y buscaba un emoji de cara sonriente para aligerar mis palabras, pero nada de eso me pareció apropiado y me puse a pensar. "¿Por qué no me envió otro mensaje después de esos? ¿No se daría cuenta?" —me pregunté. "¿De verdad le escribía a un tal Alfred y no a mí?" "¿Qué significaba eso?" Me sentí como un estanque sobre el que cae una roca y se hunde, sin dejar de causar ondas concéntricas que se esparcen hasta los bordes.

Sonreí para mí mismo. Era posible que ella conociera algún Alfred y que hubiera quedado de verlo, una mujer como ella que enseña a cientos de estudiantes por semestre y que dicta ponencias en simposios y conferencias internacionales. Conoce a mucha gente y mucha gente la conoce, ¿y eso qué tiene? Puede ver a quien quiera sin decírmelo, tal y como yo veo a mucha gente en horas de trabajo: los detectives, hombres y mujeres que dividen a la gente entre criminales y víctimas; las pasantes que se muestran diestras con el bisturí y luego del turno se van al escritorio a retocarse el pintalabios; aquellos abogados nerviosos que solicitan información y olvidan hasta responder al saludo. Somos gente de mundo y reservamos para cada cual espacios de la vida que nada tienen que ver con nuestras ocupaciones diarias. Nuestras vidas secretas, nuestras inseguridades, la irremediable vergüenza de no ser perfectos.

Delante de mí estaba el firmamento, cuarteado por trozos de nubes. La ciudad se mostraba como lámparas tras lámparas y disparejas torres de edificios, un reino de ecos sobre neblinas. Puse mi Compass en reversa, enderecé y salí curveando. Usé todos los atajos para ponerme en la carretera. Thelonious Monk acariciaba el aire desde los altoparlantes de mi vehículo, su versión de *I Love You (Sweetheart Of All My Dreams)*, breve e intensa.

No hay desnudez como la de un cadáver sobre la mesa de autopsia. En esa postura supina todo cae en su lugar y no hay sonrisa que encubra sufrimiento ni ceño fruncido que lo exagere. Los brazos se vuelven extensiones por las que no corre nada, las piernas mangueras de fluidos estancados, el vientre un tambor distendido, y el pecho — el pecho, sobre todo— es el vacío. Puedo decir, porque lo he visto más veces de las que puedo contar, que nuestra envoltura no pierde su dignidad, sino que gana una belleza pasiva cuando se encuentra ahí sin máscaras, sin ropajes ni pretensiones, un espejismo hecho carne, a punto de desintegrar. Solo cuando dormimos, y en esos momentos raros que siguen al coito, nos acercamos a ese estado silvestre en que somos recipiente nada más. He visto todo tipo de cuerpos en ese estado y por ello también puedo decir que existe el alma. La conozco por su ausencia. Sé que este privilegio no le es dado a la mayoría de los mortales, pero a mí me sostiene. Cuido cuerpos en sus horas finales. Los exploro con delicadeza y precisión, y así reúno las señales que guardan sus cicatrices, marcas y sinuosidades.

Cuando tomo el escalpelo para hacer una incisión cutánea, sigo ese trazo con cariño. Extraigo con cuidado los sacos mustios que son los pulmones y abro el pericardio con cortes suaves, aunque certeros. Separo con delicadeza los vasos sanguíneos para extraer el corazón. Sé dónde cortar para desvincularlo de venas y arterias; dónde inyectarle fluidos para examinar sus válvulas, y cómo ponerlo sobre una pesa y medir su volumen. Conozco los nombres de todos los músculos, de los huesos, de las coyunturas.

Sé también que nuestra vida es una luz que fluye desde lo desconocido.

No puedo dejar de mirar los cuerpos con este conocimiento íntimo, y alguna vez me he encontrado en pleno verano —digamos al esperar en la línea de entrada al teatro en una noche de esas en que mi esposa y yo hemos ido a Broadway— mirando los hombros desnudos de la mujer que lleva un vestido escotado frente a mí. Me he descubierto ensimismado con las estructuras internas de ese cuerpo y estudiando los puntos en que insertaría el bisturí si, por ejemplo, tuviera que examinar la condición de su tráquea; o si buscara la línea transversal para separar de su rostro el cuero cabelludo, retraerlo como una máscara y aserrar su cráneo, sacar con mis manos aquel encéfalo, todavía tibio. Admiro más que cualquier otro el secreto balance de tejidos, cartílagos y tiras musculares que nos constituyen, sabiendo que se pueden romper de tantas maneras.

Le he dicho esto a mi terapeuta y me ha mirado como a un loco: "¿Y a mí, me ves de esa manera? ¿Algo así como una masa de tejidos que habla?" inquirió una vez.

"Pues sí. A veces sí".

Pensará que soy sicópata, pero yo sé que siento la más profunda reverencia y compasión por todos nosotros. Es parte de mi problema. ¿Cómo puedo sexualizar un cuerpo desnudo si empiezo a examinar su estructura ósea? ¿Cómo puedo besar unos senos sin concebirlos como bolsas sebosas? ¿Cómo internarme en la humedad de una mujer sin recordar fisuras que he visto en paredes vaginales de tantas violadas?

Pocas tolerarían esto, pero a mi querida Mildred no le molesta. No me dice nada cuando apago todas las luces. No se ha quejado de que yo haya preparado nuestra recámara con colores opacos, persianas venecianas y cortinas, hasta convertirla en un cuarto oscuro. Allí me dejo llevar por el tacto, por el olor, por la acritud de la piel en mi lengua, para reconstruir a mi mujer en la imaginación y ser aquel hombre que existía antes de ingerir el fruto del árbol de la ciencia del bien y del mal.

❋

Sacar el reciclaje porque es martes; sacudirme las botas; guardar el abrigo; poner mi bulto en su lugar; ir al baño; lavarme la cara; mirarme a los ojos en el espejo y reconocer esas bolsas cada vez más definidas debajo de mis párpados inferiores. Encontrar a Mildred en la cocina, tarareando una canción de Adele. Alzar su pelo y besarla en la nuca. Mirarla sonreír, aunque sigue atenta al sofrito.

Esta no es una de esas noches en las que le toca enseñar o corregir trabajos. Esas otras noches cenamos juntos, y, luego, cada cual vuelve a su mundo. Ella suele encerrarse en el cuarto que era de nuestra hija, y se pone a leer, a tomar notas, a revisar exámenes, mientras yo me voy a la computadora que tengo en el sótano de la casa y pierdo tiempo en los foros de la red, donde tengo un apodo reconocido, "Doctor Bisturí".

Nuestra hija se ha ido a la universidad y probablemente no regresará jamás a vivir con nosotros. A veces me pregunto qué le hicimos para que se quisiera marchar hasta la costa oeste, donde sigue gastando buena parte de nuestros salarios. Me hace más falta a mí que a Mildred, que quiere viajar y hacer cosas, volver a ser adulta y catalogar experiencias fuera de su identidad gastada de ser mamá. Hace unos meses fuimos a Milán, a instancias de ella, y dimos vueltas y vueltas por ciertas calles empedradas hasta que me dolieron los pies y comimos en restaurantes que me parecieron demasiado caros, sus platos sobrecargados de aceite y vinagres que daban acidez. Salimos de una osteria que le había gustado mucho a ella, pero yo pisé una mierda de perro grande y amarilla y, por mucho que limpié los únicos zapatos que llevé al viaje, seguí oliendo a excremento hasta que regresamos. Qué asco.

Los viajes de turismo me parecen estúpidos. Vamos a ciudades donde no conocemos a nadie, a mirar edificios, a comer en restaurantes de los que no sabemos nada y a tomarnos fotos al lado de puentes y monumentos —¿para qué, si aquí no hacemos nada de eso?

Esta vez río solo, mientras cenamos en silencio. Mildred me mira y espera a que diga algo. Digo que no es nada. Me recordé de algo gracioso nada más.

Espero hasta más noche, a la hora de acostarnos, para regresar a las tinieblas de mi mente. Ella ya está en cama, durmiéndose con una novela (italiana, por cierto) en mano. Pienso preguntarle a quemarropa: "¿Quién es Alfred?" La verdad, no estoy seguro de que quiero oír la respuesta. La dejo dormirse en paz. Los últimos pensamientos conscientes que tengo antes de dormirme me atormentan. "¿Y si la mato? ¿Si le doy una estocada donde solamente alguien como yo sabría hacerlo? ¿No le dolería menos que a mí?"

❋

Anduve siguiéndola y espiándola, convencido de que había alguien más, o de lo que más me molestaba: que yo no era suficiente para ella. Estuve husmeando en su teléfono —siempre he sabido su clave de acceso— y no encontré nada que pudiera inculparla, aunque me enojó mucho ese intercambio que encontré con su amiga Patricia, todo en minúsculas y sin debidos acentos ni otra puntuación de rigor.

"llegaste a casa???" —empezó Patricia.

"no... me quede a corregir unos trabajos ;-)"

"ah, buena idea, yo debo hacer lo mismo… desde que llego a casa comienza aquel a hablar de su trabajo o a pedirme cosas… malo para la productividad…"

Ahí puso un *emoji* de un dedo pulgar apuntando hacia abajo. Desaprobación.

"ese no es mi problema…"

Empezaba yo a sentirme bien.

"entonces???"

"muy aburrido aqui… aquel se va a hablar con sus amigos de internet… aqui por lo menos yo veo gente pasar y moverse... me acuerdan que estamos vivos... entiendes?"

"totalmente... jajajajaja..."

Yo quería hablar con ella, tal vez darle un masaje en los hombros y ver cómo respondía, pero después de tantos años sé que no quiere que la interrumpa cuando está concentrada en cuestiones de trabajo. Siempre la dejo que venga a mí y me haga conversación y entonces sé que hay posibilidades y me voy a la ducha. Aun así, a veces regreso fresco a la cama y la encuentro dormida. ¿Qué hacer con eso?

Esta es la vida posmoderna del hombre doméstico: no podemos estar con otras mujeres; no podemos molestar a nuestras mujeres; no podemos satisfacer. Somos unos desgraciados, todos nosotros, los que maduramos después del SIDA, los profilácticos y las políticas correctas. No sabemos ser hombres, y luego viene otro que sí sabe, uno de esos patanes con quienes nunca se casarían, y se divierte mucho con ellas. Uno la cuida y otro se la goza. Me lo imagino siempre como el mismo tipo que lleva dos días sin afeitarse y que es poeta, artista o algo por el estilo, un sujeto de esos que anda atrasado en la renta, pero tiene la paciencia para andar hablándole mierdas románticas a las mujeres. Yo también podría hacer eso si me comportara como un descarado. Por eso se me ocurrió algo mejor que matarla para ajustar cuentas: Ojo por ojo, diente por diente y pene por vagina.

❋

Llegué a constatar lo que me temía, y me enteré de la manera más anticuada. Tomé un día libre, uno de esos en que no la vería hasta que llegara a dormir, y me propuse seguirla. La mañana fue muy aburrida, porque se estacionó en el área designada para profesores y yo me estacioné en un espacio reservado para personas discapacitadas desde donde podría verla ir y llegar. Como sé su horario de clases busqué la manera de perder unas tres horas, primero caminando por el recinto, dando vueltas por el área de estudiantes y comprando comida chatarra que me comí sin culpa — y me chupé los dedos hasta no dejar rastro de los aros de cebolla. Volví poco antes de su hora de almuerzo al vehículo y me estacioné allí a oír las noticias, todo ese alboroto de que el presidente no quería dejar entrar al país a los inmigrantes musulmanes.

La vi venir y la admiré como si la descubriera por primera vez. Se veía bien a pesar de ir vestida de manera conservadora, unos pantalones flojos que no conseguían ocultar sus ovaladas caderas, una blusa oscura, azul o verde no recuerdo bien, y una corta chaqueta oscura. Su pelo revoloteaba ovalado. Pensé que debía sentirme agradecido de que se acostaba en mi cama, aunque fuese para dormir. Una vez yo fui un tipo apuesto, pero he perdido pelo al frente de mi cabeza, he engordado y tengo una barriga endurecida y esos ruedos de carne a ambos lados de mi espalda que dan la impresión de que estoy a punto de desbordarme. Las bolsas bajo mis ojos tampoco ayudan.

Ella ha seguido cuidándose, yendo al gimnasio, haciendo yoga, comiendo bien y sin sentarse por horas, como yo, a beber cerveza y discutir casos difíciles con extraños en los foros de investigaciones forenses. Además de eso, yo me he convertido en un estúpido que la espía. Yo, que profesaba que la mujer debía decidir qué hacer con su cuerpo. Pensé en irme esa misma tarde a buscar al terapeuta, a cuyas últimas sesiones había faltado. Sentí la culpa que mi agnosticismo no me deja sentir en ninguna iglesia. Pensé también en olvidarme de todo, seguir mi vida y dejar que ella siguiera la suya.

Vi el rostro de Mildred abrirse en una sonrisa. Temí que me había visto, aunque también me alegré. Yo sonreí, tratando de improvisar algún pretexto, pero luego me di cuenta de que ella miraba más allá. Vi por el espejo retrovisor a un tipo flaco que no era más que el estereotipo de un profesor universitario —vestido en jeans desteñidos, camisa oscura, chaqueta marrón, nada de corbata, medio despeinado con su pelo abundante y ensortijado en remolinos castaños, y esa chivita de barba bien cuidada. Los vi ir el uno al otro y abrazarse por largo rato.

La sangre se me hizo fría. No pude moverme ni hablar ni respirar, y los seguí con la vista mientras caminaban hacia el vehículo de él, un Mini bastante ridículo, como para pensar que el tipo era gay. Torcí el cuello y los vi hablar y sonreír, quién sabe de qué, aunque se me antojó pensar que se burlaban de mí. Los vi salir del estacionamiento, camino a quién sabe qué motel. No tuve la voluntad para seguirlos, y me sentí derrotado.

Hice lo único que me permitiría sobrevivir esa tarde. Exploté. Grité palabras obscenas en la cámara de ecos en que se convirtió mi vehículo y luego, de manera irreflexiva, di un puñetazo con todas mis fuerzas sobre el panel de controles del automóvil. Sentí un golpazo en la cara y una onda de fuerza que me hizo abrir los brazos y caer hacia atrás. Se dispararon las bolsas de aire y quedé prensado contra mi asiento, bajo una nube de polvo blanco. El estruendo de mi bocina sonó al ritmo de las luces intermitentes, y pensé que mi maldito carro se mofaba, anunciando al mundo: aquí dentro llevo un hombre estúpido.

Llegaron los guardias del plantel a asistirme. Les dije lo que me sucedía: "Vi a mi mujer con otro tipo y me desahogué. ¿Qué? ¿Es un crimen destruir mi propiedad?"

Los tipos me miraron como el pendejo que era y tal vez por eso no me dieron multa por estacionarme sin permiso. Manejé después hasta la playa de Brighton, y me detuve cerca de las tablillas, desde donde podía ver el mar, y estuve ahí por espacio de una hora, contemplando el horizonte sin formular algún pensamiento coherente. Algo se había roto en mí, un lazo tal vez más sutil que el que nos mantiene atados a la vida.

❊

Me dejé seducir por el cinismo. ¿Para qué romper con ella y darle la mitad de mis bienes? ¿Para que se fuera a disfrutar de su vida? ¿Para que se fuera con él de viaje a Europa? No iba a ser tan fácil deshacerse de mí. Eso me decía y planificaba mi venganza, pero olvidaba todo en las noches en que ella llegaba a casa después que yo y mi corazón se volcaba, deseando conquistarla nueva vez. Una de esas salí a buscar algún lugar en que recrear mi mente y di vueltas por varias vías comerciales, hasta que una cuadra me pareció bien transitada e iluminada, y me estacioné sin más. Me metí al primer bar que encontré. La Caverna se llamaba, y pronto descubrí por qué. Había que bajar unas escaleras hasta un sótano. Allá las paredes las habían transformado en una imitación tosca del interior de una cueva, con falsos dibujos primitivos y todo eso. Era oscuro el lugar, y solo había uno que otro cliente. Me arrimé a la barra y pedí una cerveza al rubio de pestañas invisibles que me fue a atender. Una cerveza robusta, dije. Una pinta. Quería algo amargo, como mi sangre.

Saboreé cada trago, viendo un partido de fútbol americano que no me interesaba. Otras almas perdidas llegaron al bar, y noté una mujer que se había sentado al otro lado. Se veía bien mientras consumía con lentitud un brebaje que, por lo que pude oír era una mezcla helada de sangría y margarita. Yo iba por mi tercera pinta. Sin más, me puse de pie, caminé alrededor de la barra y me senté a dos taburetes de ella. Ella se hizo la que no me veía. Noté su pelo marrón desteñido en las raíces.

"Soy Arris", le dije, y extendí la mano.

Ella esperó un momento. Contestó con una pregunta en vez de devolver el saludo.

"¿Qué clase de nombre es ese?"

"Ni idea" dije y regresé mi mano a la jarra. "Tendrás que preguntarle a mi madre, y si ella te lo explica me lo dices, por favor. Mi vida hubiera sido más simple si por lo menos hubiera tenido esa explicación en los años de la escuela intermedia".

Ella empezó a reírse, aunque sonaba como si llorara.

"Pobrecito", dijo.

Yo me encogí de hombros y le miré las piernas.

Ni siquiera me molesté en preguntarle cómo se llamaba.

"¿Y qué tal este lugar?"

"Pues no sé", dijo ella. "Primera vez que vengo. Necesitaba un trago".

"Ah, yo necesitaba dos o tres".

Ella se rio otra vez, pero después me preguntó, "¿Siempre necesitas dos o tres?"

"No, qué va", dije. "Ni siquiera sé los nombres de otras bebidas. Por eso siempre pido una cerveza de estas. Le gustaba a mi padre y eso me hace pensar que es lo que bebe un hombre cuando necesita darse unos tragos".

"¿Y por qué necesitabas unos tragos?"

Entonces el que se rio fui yo, una mueca triste.

"¿Por qué otra razón bebemos los hombres?"

La miré y contesté mi propia pregunta.

"Las mujeres".

Ella no me pidió detalles. Nos quedamos ahí callados un rato, yo saboreando el amargo y ella sorbiendo. Pensé que todo se podía ir a la mierda, que no necesitaba andar con rodeos ni nada, y le pregunté a quemarropa si quería irse a algún otro lugar donde pudiéramos estar solos. Ella achicó los ojos, como si me estudiara, y sentí desmoronarse mi autoestima. Me acordé de mi apariencia de hombre maduro y temí que iba a sentir pena por mí mismo. Fui el más sorprendido con lo que sucedió.

"Vámonos", dijo ella. "Yo tengo un lugar".

Insistí en pagar su cuenta y la mía juntas y salimos hacia las escaleras sin hablar. Fue más atrevido aun de mi parte lo que le dije cuando nos encontramos en el frescor de esa noche. Miré a todos lados y comenté, "Qué estúpido soy. No tengo condones".

Pensé que había arruinado todo, pero ella empezó a caminar y dijo, "Ven, a la vuelta hay una farmacia". Yo la seguí, estupefacto.

❋

Llegamos a su cuarto de hotel —supe, porque me lo dijo, que ella estaba en la ciudad para un asunto de negocios y que se iba al día siguiente— y la mujer se me enredó encima como una sierpe. Más que besarme parecía que me hacía una limpieza bucal con su lengua. Yo tenía los ojos abiertos, porque no entendía nada, y ella ya me empezaba a desabrochar todo y a halarme hacia la cama, y en cuanto pude respirar dije que me iba a poner la goma. Ella estuvo desnuda en un dos por tres, acostada de lado sobre la cama y mirándome con tal seriedad seductora que tuve ganas de reírme. Las dudas y las ansias no van muy bien juntas, de manera que empecé a perder el poco deseo que se había concentrado en mi miembro. Ella, al darse cuenta, me tiró del brazo, hasta que estuve debajo de ella en la cama, y sin más se puso a trabajar.

Había demasiada luz y vi los montículos en la línea central de su espalda por donde ascendía cada vértebra de su espina dorsal. Empecé a imaginármela sobre la mesa de operaciones y sentí cómo me desinflaba.

"¿Podemos apagar la luz del pasillo?" —pregunté.

Ella levantó la cabeza y me miró con ojos de incredulidad.

"¿Qué? ¿No me quieres ver?"

Suspiró frustrada y se me sentó al lado.

La miré triste y exhalé.

"Lo siento", dije, y me puse de pie y me puse los calzoncillos, y los pantalones y más o menos la camisa mientras huía al pasillo con los zapatos en la mano. "No puedo seguir. Tengo que irme, perdona. No fue muy buena idea esto."

Ella miraba entre incrédula y ofendida.

Se me ocurrió decir algo que inmediatamente reconocí como una estupidez: "No eres tú. Eres una mujer atractiva. Créeme. Soy yo. Tengo problemas mentales".

No pude contenerme y exploté a carcajadas. Me moría de la risa. Ella recogió uno de sus tacones del piso y lo tiró, con muy mala puntería, en mi dirección.

"¡Lárgate, maldito idiota!"

La ridiculez de toda esa escena histriónica, dos extraños que se miraban con repugnancia, hizo que me riera de manera más incontrolable, hasta que las lágrimas se asomaron por las comisuras de mis ojos. Volteé y caminé hacia afuera a medio vestir y no volví a mirar atrás. Dentro del ascensor me ponía los zapatos sin parar de reír, aunque me daba cuenta de que me estaba burlando de mí mismo.

Llegué a casa cerca de la medianoche y Mildred no estaba. Era la primera vez que se quedaba fuera tan tarde. No sentí rabia, sino una debilidad que se propagó por todo mi cuerpo. Me recosté sobre el sofá y me quedé dormido.

Todo volvió a la normalidad en que vivíamos sumidos, y llegué a pensar que tal vez lo mejor era hacerme el que no sabía nada. Apenas nos veíamos en las mañanas, cuando ella iba en una dirección y yo en la otra. Nos enviábamos los textos usuales: ya voy a salir; estoy almorzando; la niña gastó varios cientos de dólares en la tarjeta de crédito; te veo en casa; tengo mucho trabajo; no me esperes despierto. Al final ella siempre me ponía la carita esa tirando besos que se volvían pequeños corazones. Yo no contestaba, pero quería devolverle la imagen de un corazón roto.

Una de esas noches que nos tocaba cenar juntos, Mildred no llegó y supe que ella sabía que yo sabía y que no le importaba. Esta era su manera de decírmelo. Yo me quedé en la cocina preparando pescado al horno para dos y con dos platos listos, un vino blanco de California para acompañarlo. Me senté a la mesa y me comí los dos filetes como un animal que deseaba masticar y tragar carne. Contemplé las espinas que quedaron mientras consumía la botella de vino.

Ella entró a casa con los tacones en la mano, gata sigilosa, pero me encontró despierto en el sillón. Había estado yo leyendo una distopía de esas que contemplan un mundo bajo el dominio de la tecnología y sus déspotas, programadores que poseen los códigos de la vida y de la muerte en una tecnocracia fatal, y pueden matar a distancia, con drones y robots, sin ensuciarse las manos. Ella me miró sorprendida y trató de disimular que todo aquello era como tenía que ser.

"¿Estás leyendo tan tarde?" —preguntó.

Ella misma ofreció una respuesta.

"Debe ser un buen libro".

Sentí placer en responderle con tétrica ambigüedad.

"Estoy muy intrigado con la trama. Sé que todo está arruinado, pero no puedo adivinar cómo va a terminar la historia".

Mildred me miró con ojos que decían: No estoy segura de qué me hablas.

"Te esperaba" —le dije.

Ella se inclinó al pasar por el asiento y me dio un beso desabrido en la mejilla. Siguió hasta la cocina y el refrigerador, de dónde sacó una botella y se sirvió algún líquido; té helado, o algo así. Desde allá me miró y fingió pena, o sintió pena, no sé.

"En serio, no debiste esperarme, mi amor", dijo. "No tienes que estar en vela cuando se me hace tarde. Tú sabes que tengo una regla de no traer trabajo a la casa y que para estos días hay que poner las notas. Hasta que no termino, no vengo".

Me puse de pie y caminé deliberadamente hacia ella, hasta invadir su espacio, como si fuera a besarla, pero lo que hice fue olerle el pelo y el cuello, descendiendo hasta su muesca supra esternal.

Pude sentir al otro hombre en su piel.

Me despegué y la miré a los ojos. Ella sonrió nerviosa.

Ella abrió la boca para decir algo, pero no le salieron palabras. Volteé, caminé por la sala y subí los escalones hasta nuestra recámara. Mi mente se infundió de esa calma que me arropa cuando acerco la cuchilla a la piel para trazar un corte con precisión: no pienso en nada, no siento nada; solamente ejecuto. Me aseguré de que estaban puestas las cortinas y me acosté en la penumbra a esperarla.

El gusto de las naranjas agrias

Una noche en que las luces de focos delanteros rayaban las paredes de tiza blanca ellos yacían sobre su cama, hombre y mujer, imaginándose cómo sería todo. La casa estaría frente a ellos, fulgurante en el color de las cáscaras de naranjas, sobre una tierra como el cieno del que ellos venían. "Haremos que ese lugar sea nuestro hogar", Sergio le había dicho a Rosibel. Sus ojos brillaban en la media luz del aposento.

Ese día había llegado a su manera, como los días suelen hacer: Salieron del carro después de unas veintitantas horas en el camino, un correr frenético de un inodoro asqueroso a otro en los baños subdivididos de las paradas en la carretera interestatal. Rosibel y las muchachas habían rogado por un descanso, por lo menos un colchón en el que pudieran recostarse unas horas, y Sergio había resistido hasta más no poder, como haría cualquier hombre al mando de una caravana. Cerraron sus ojos por un rato bajo el resplandor de los faroles de un estacionamiento en una de las Carolinas —no importaba cuál— de manera que para la última salida de la autopista eran incapaces de sentir euforia.

Al encontrarse frente a la casa, Rosibel pensó en las posibilidades que le presentaban altas ventanas, dos salas, una cocina grande, cuatro habitaciones, dos baños y medio, un porche y un patio. Sergio se aplastó a mirar un notable punto muerto en la grama, una mancha amarillenta cerca del árbol de magnolia. La casa tenía su lugar en los nuevos suburbios —esas extensiones de terrenos curveados y calles que los constructores habían extraído de los pantanos y bautizado con nombres paradisíacos, y donde todo era muy distinto de la vida de apartamentos estrechos. La subdivisión les ofrecía lo que habían soñado y más, un patio al lado de una laguna, una piscina privada, clima caluroso, calles limpias, cielo. Aun así, algo parecía fuera de lugar; una de las muchachas lo expresó como un difuso desagrado, que ella solamente podía capturar como una ausencia.

"Este lugar está pasao", dijo Gisely. "No tiene vida".

Su voz resonaba gruesa con el acento de las calles. Sus oídos estaban taponados con audífonos insertos en sus oídos por los que recibía los gritos de hombres que predicaban vulgaridades. Su hermana menor, Ayda, odiaba este lugar tanto como ella, pero no necesitaba que se lo recordaran.

"Cállate", Ayda le dijo.

Gisely levantó una mano, su palma cicatrizada por una línea de vida profunda, para bloquear el rostro de su hermana.

Ayda le dio un manotazo y Gisely la agarró del brazo y la puso en una llave de cabeza. *Say you're sorry*, le dijo. Ayda dejó salir un grito estridente. Gisely le dio un empujón y Ayda se dejó caer, de manera dramática, sobre la grama. "¡Bruja!" le gritó. Se puso de pie y metió mechones de su pelo marrón detrás de las hélices de sus orejas. "¡Eres una bruja fea!"

Sergio y Rosibel no se inmutaron, perdidos en formas de un mismo pensamiento: *A veces sueñas algo, y después lo consigues, y simplemente está ahí.*

"El camión va a llegar pronto", dijo Sergio. "Vamos a entrar."

Sus amigos se habían reunido y organizado una fiesta. Cerraron un área común en un complejo de viviendas públicas en East New York; pusieron unas cuantas mesas; sacaron las sillas plegables y sirvieron un sancocho, espeso con jugosas rebanadas de aguacate. Fueron treintaiséis personas. Ninguno se marchó cuando llovizó, aunque las mujeres se quejaron unas con otras de que sus cabellos estaban fuera de control por la humedad. Subieron bastante el volumen de las bachatas que trataban de amores perdidos y dolores insoportables. Una mujer vestida en una camiseta Hello Kitty de talla grande en tonalidad fucsia sacó la cabeza desde uno de los apartamentos del primer piso y les gritó que se fueran a otro lado con su "música de latas". Ellos respondieron con miradas fulminantes, queriendo decir: *Oye, nosotros también somos americanos.*

Su compadre, Miguel, dio un pequeño discurso ese atardecer bajo el brillo rojizo de las lámparas de la calle. Miró al piso y unió sus dedos como la gente hace en oración.

"Estamos todos reunidos aquí para decirles a nuestros amigos Sergio y Rosibel que ellos se han vuelto locos —todos se rieron—, yéndose de la mejor ciudad en la bolita del mundo para irse quién sabe adónde a buscar algo que no se les ha perdido y que nunca van a encontrar, porque si no lo puedes encontrar en Nueva York, e' porque no existe. ¿Correcto, mi gente?"

Aplaudieron y unos cuantos secundaron el discurso con sus comentarios: *¡Así mi'mo e'! ¡Dígale! Nadie puede negar eso. Pa' que lo sepan.*

"Sabemos que Sergio e' cabezadura, que ni pal diablo se rinde. Una mañana se levantó con el pie izquierdo y decidió que estaba jarto de nosotros".

Hubo más risa.

"O, tal vez, fue que se cansó de perder en los juegos de dominó". Levantó los brazos al aire. "Digo yo, pero yo no sé de na."

Aun más risa.

"Pero así como es, lo queremos. Les deseamos la mejor de las suertes, porque con equipos como los Florida Marlins y los Tampa Bay Rays la *van* a necesitar".

La gente aplaudió. La música creció en volumen. Sergio y Rosibel complacieron a sus amigos y bailaron una bachata de Frank Reyes, ahí mismo sobre la superficie áspera del patio de cemento, desplazándose de lado y sacudiendo sus caderas en golpes rítmicos. La canción sonaba en su español campesino y franqueza romántica: *Te regalo el mar, mi despertar. Yo te ofrezco mis besos, mis sentimientos que son sinceros, un pedacito de cielo, una costilla y un verso; mi musa, mi inspiración.*

Los rayos del sol de la Florida parecían salir de todas direcciones, rebotando en las paredes, reverberando desde la tierra, quemando las hojas de hierba, brillando desde los lagos. La luz cegaba y cansaba, aunque te sentaras dentro del frío del aire acondicionado en la casa, mirando por puertas corredizas y preguntándote, "¿Y ahora qué?"

El teléfono celular sonó y él lo abrió de un tiro, escuchando una voz que le resultó inmediatamente familiar: "Compadre, ¿ya quemó la fiebre?"

Miguel parecía gozarse el relajo, pensó Sergio, pero él tenía una mejor idea de lo que realmente sucedía.

"Compadre, ¿por qué usted no viene pa'cá y lo averigua usted mismo? ¿Viene y *se compra* una casa y comienza una *nueva* vida?"

El silencio del otro lado de la línea le dio a Sergio la apertura para continuar su contraataque.

"O sea, ¿usted no se cansa a veces de aguantar la misma mierda todos los días? Siempre las mismas peleas con esos tigueres que se roban las bolsas de papitas. Siempre en la lucha con la ciudad por todas las multas que usan para mantenernos pisoteados. Paleando y raspando nieve cada invierno. ¿Por qué no vende la bodega esa y se viene pa'cá, a comenzar a vivir?"

Mientras decía esto, algo le recordaba a Sergio que no tenía un plan para las semanas y meses que se explayaban frente a él como un camino serpenteante, pero no le faltaba confianza en sí mismo. Era un hombre de negocios después de todo. Había inaugurado y vendido tres bodegas en Brooklyn, aunque el pensamiento de abrir una cadena de bodegas en la Franja del Sol se le había hecho trizas cuando Rosibel, las muchachas y él entraron a un Super Wal-Mart por primera vez en sus vidas ("¿Por qué no tienen estos en Nueva York?" se preguntó Rosibel en voz alta). Quedaron aturdidos, cada uno arrancando en distintas direcciones a ver la mercancía ("¿Quién carajo va a querer ir a una bodeguita después de esto?" Sergio espetó antes de esfumarse dentro de una sección de productos de pasatiempos, repleta de todo tipo de cañas de pescar).

"No, Sergio", contestó Miguel. "Yo no puedo vivir en un campo a estas alturas. Dejamos el campo para venir para acá. ¿O a usted se le olvidó? Yo soy un hombre de ciudad. Necesito saber que me puedo levantar a las tres y media de la mañana y salir a la calle solamente para ver gente. Yo quiero saber que puedo ordenar comida china a esa hora".

"Por favor, Miguel, ¿cuándo fue la última vez que usted se levantó a esa hora a hacer otra cosa que no fuera a mear? Pa empezar, no es como que a usted le gusta esa agriedá de la comida china".

"Todo lo que yo sé e' que yo puedo ordenar comida china, pizza o tostones a cualquier hora, *si me da la gana*. Usté no puede. Usted tendría que fajarse a comer *Rice Krispies* o alguna otra migaja como esa si le da hambre a una mala hora".

"Usté ta' equivocado. Venga pa' que lo vea".

La siguiente madrugada Sergio se despertó unos minutos antes de las tres y media (la hora sagrada de Miguel para los antojos de comida) y, simplemente por joder, se vistió, buscó su cartera y llaves y se fue (¿adónde más?) a Wal-Mart. Estaba abierto, por supuesto. Caminó por los pasillos por más de una hora, encontrándose con gente (algunos de ellos vestidos en piyamas aborrecibles) que parecían estar comprando artículos de la vida diaria para batallar el insomnio: paquetes gigantes de pan en rebanadas, conjuntos de maquillaje, servilletas de tamaño extragrande, juegos de cuatro piezas de sillas de patio en plástico blanco que podían acomodar a personas de culos abundantes. Él gravitó hasta la sección de venta de comida cerca del pasillo donde estaban las cajeras y pidió una porción de pizza. Se sentó en un banco entramado desde donde podía ver la fila hacia la cajera. Se sintió bien y sonrió. Que bruto ese Miguel, se dijo a sí mismo. Esto era vivir.

Llovió de forma discontinua por tres días y medio. Se los pasaron desempacando, armando camas, moviendo muebles de cuarto en cuarto, encontrando numerosas repisas donde podían organizar cubiertas de cama, sábanas, útiles de baño, discos compactos, y viejas videocintas. Sergio ocupó su tiempo instalando el sistema de sonido, encausando cables a través de las orillas de la sala de estar, de manera que para cuando amainaron los truenos la casa se llenó del reconfortante dejo de la patria. Él salió a inspeccionar el mundo y encontró que la grama lo invadía todo, confiada de sus posibilidades.

No tenía a quién preguntarle sino a un tipo arrugado en la sección de jardinería de Lowe's. El hombre llevaba una boina en patrón cuadriculado que lo hacía verse más anticuado de lo que era.

"¿Qué se supone que haga yo con la grama?" Sergio preguntó. "¿No hay una manera de impedir que crezca tan rápido?"

"Eso sería algo indeseable".

"¿Y por qué?"

"Necesitas la grama para cubrir todo el vacío".

Sergio se quedó mirándolo.

La sonrisa a medias del hombre era una pista que indicaba que estaba acostumbrado a la procesión de ex residentes del norte que no podían distinguir entre un caimán —la belleza terrible de sus cuerpos esbeltos, sus fauces definidas y sus cueros

114

pigmentados— y los gordos cocodrilos comunes y corrientes, sus dientes torcidos como los de viejos hombres andrajosos.

"La grama, debes saber, no sirve para nada, si te pones a pensarlo", dijo el hombre, "pero cuál sería el propósito de hacer eso. Tienes que imaginártela como una alfombra, una alfombra verde para los exteriores".

Entonces se inclinó hacia Sergio.

"En realidad puedes darte cuenta de cuáles son las condiciones en que se encuentra una familia por cómo se ve su césped. Tienes que cuidarlo, hijo, o tus vecinos van a ponerse a chismear".

"Está bien, ¿qué es lo que tengo que hacer entonces?"

"Primero que nada, ¿qué tipo de grama tienes?"

Sergio no tenía la menor idea. Toda la grama se veía igual para él y los nombres que se desparramaban de la boca del hombre no significaban nada. De manera que el viejo especialista en jardinería se lo llevó afuera, al patio de la tienda, donde el calor húmedo les abofeteó los rostros. Le mostró a Sergio pilas de grama cortada en parches que estaban a la venta.

"Es esa grama puntuda" dijo Sergio. Señaló a la pila más grande.

"Esa es la que la mayoría de nosotros tenemos. Se llama San Agustín. Le das agua, la cortas, le haces las orillas, la fertilizas de vez en cuando, le matas los insectos y tendrás el césped verde más hermoso".

Eso le pareció bien, el césped verde más hermoso.

❋

Sergio conoció a un tipo en la iglesia. Se sentaron uno al lado del otro durante la misa bilingüe más temprana en uno de los bancos de en medio. El hombre se le acercó mientras su esposa esperaba, parada a poca distancia y mirando hacia el altar. "¿Hay alguien sentado aquí?" le preguntó. "No, por favor", Sergio dijo. Extendió su brazo y se deslizó sobre el asiento de madera.

Ni siquiera se miraron otra vez hasta el saludo de paz. El sacerdote dijo lo que los sacerdotes siempre dicen en ese punto de la misa: "Señor Jesucristo, Tú dijiste a los apóstoles: 'Mi paz les dejo, mi paz les doy'. No tengas en cuenta nuestros pecados sino la fe de tu iglesia, y conforme a tu palabra concédele la paz y la unidad, Tú que vives y reinas por los siglos de los siglos". Entonces miró a la congregación y les dio la señal: "Que la paz del Señor esté siempre con ustedes".

"Y con su espíritu", ellos contestaron.

Ahí fue que Sergio concluyó que podían hacerse amigos. No solamente se dieron las manos desapegados y corteses, como la gente que parecía temer lo que el tacto hace durante la misa en inglés. El tipo lo abrazó a él y a su esposa, extendió el brazo sobre los hombros de sus hijas, de manera que Sergio también sintió que podía abrazar la esposa de él y así sucesivamente. La mujer, que era muy agradable a la vista, le dijo: Que la paz sea contigo. Y él le contestó: Y contigo también.

Después de que habían dicho sus amenes el hombre volteó y dijo que su nombre era Enrique. Cecilia era el nombre de su esposa. Sergio se presentó y presentó a su familia. Y Enrique sacó una lustrosa tarjeta de negocios del bolsillo izquierdo de su saco y se la dio a Sergio. Estaba en el negocio de bienes raíces, "a tu servicio si andas buscando propiedades".

"Gracias, pero nos mudamos aquí de Nueva York hace como dos meses. Ya habíamos comprado la casa", dijo Sergio.

"Eso no tiene que ver", Enrique contestó. "Siempre hay espacio para crecer. Tú sabes lo que dicen, el cielo es el límite. O sea, no es porque soy vendedor, pero le digo a la gente que conozco y le tengo confianza, no conviertan el cielo raso y el techo que tienen sobre sus cabezas en el límite para ustedes y sus familias. Lleguen más allá".

Sergio vaciló en sonreír al ver la intensidad de su nuevo conocido. Enrique rompió la tensión al reírse. "Perdona. ¿Qué estoy haciendo? No puedo parar de decirle a la gente algunas de las vainas que he aprendido. Lo que debo decir es simplemente que estamos contentos de ver que tu bella familia se una a nuestra comunidad. Creo que les va a gustar aquí. En cualquier cosa que les podamos ayudar, ya sea encontrando el supermercado más cercano, o el mejor restaurante, o el mejor lugar para sacar a la esposa a bailar, nos dejan saber. Me dejas saber. Estamos para servirles". Sergio miró la tarjeta, más rígida y lustrosa que las usuales. Sobre una vista de casas al lado de un campo de golf estaba la foto de Enrique, su rostro sonriente, vestido en saco y corbata combinados en azul celeste, y decía en letras cursivas: "Enrique Torres, empresario". Debajo estaba su número, flotando sobre el verde césped, y nada más.

"Y que Dios les bendiga su bella familia", les dijo Cecilia.

Ella sonreía y dirigía la mirada a Rosibel y sus hijas.

Salieron de la iglesia y eso fue todo.

Entonces Sergio se puso a pensar sobre el espacio que había en todo ese cielo abierto, sobre el paisaje que quedaba por conquistar, las subdivisiones del paraíso todavía despobladas. Consideró eso mientras miraba la grama crecer y vestirse en variados tonos de verde. Empezó a pensar sobre las raíces: el hombre en la tienda le había dicho que la grama San Agustín en buen estado era tres a cuatro veces más larga bajo tierra que lo que se veía en la superficie, porque se hundía buscando agua y nutrientes, aun rompiendo las uniones de las tuberías de polivinilo de los desagües para chupar cualquier hidratación que necesitaba para vivir y relucir. "Esta grama casi siempre tiene sed, pero no le des demasiada agua, chico, porque eso le hace la supervivencia muy fácil y se vuelve débil y perezosa", había dicho el hombre. "Déjala que desarrolle raíces profundas".

La próxima vez que fueron a la iglesia él vio a la pareja sentada a varias hileras y los ubicó al final de la misa. Enrique le preguntó a Sergio en qué línea de trabajo se ocupaba y Sergio le dijo que también era un hombre de negocios; le contó que había tenido bodegas, un par de salones de belleza, todos operados por mujeres dominicanas, y que había invertido en taxis independientes que alquilaba a compatriotas que todavía tenían "las manchas de plátano" en sus cuerpos. Le explicó que estaba buscando la próxima oportunidad para que su capital siguiera creciendo.

"Hay oportunidades que se pueden aprovechar aquí", dijo Enrique, "pero es otra manera de hacer negocios".

"Para mí, los negocios son negocios en todas partes".

Enrique lo miró de arriba abajo como si estudiara la manera en que Sergio se vestía: nada sofisticado, planchados pantalones de vestir probablemente de J.C. Penney, una camisa a mangas largas, sin chaqueta y definitivamente sin corbata.

Sergio vio algo —un tipo de indiferencia, o lástima tal vez, que quería superar— en la manera en que Enrique arrugó la frente, arrolló los hombros, como para acomodarse mejor el blazer crema, y fingió una débil sonrisa.

"Es difícil de explicar", Enrique dijo.

"Los negocios son todos mentales", continuó. "Si piensas con dificultad, tu negocio va a ser trabajoso. Si te preocupas mucho, tu negocio va a ser complicado. Si piensas de manera pequeña, tus ganancias van a ser pequeñas. Abre la mente y las oportunidades aparecerán de manera que pongas tu dinero a trabajar, y entonces podrás disfrutar más de la vida".

"¿Así es que piensan ustedes en bienes raíces?" dijo Sergio.

"No", él contestó. "Así es como yo pienso en la vida. Los bienes raíces son la oportunidad que tengo enfrente ahora mismo".

Entonces Enrique sonrió. "Debes venir a visitarme alguna vez", dijo. "Yo también empecé como tú, trabajé muy duro para ganarme mi primer dinero". Se tocó la sien con el dedo índice. "Ahora uso la mente".

❋

Una tarde Sergio llamó al tipo. Le dijo que quería hablar algo más sobre negocios. Enrique dijo "¿Por qué no vienen y nos visitan, traes a tu esposa y a las muchachas? Vengan a cenar con nosotros".

Sergio y Rosibel se alegraron de salir y hacer amistades, aunque tuvieran que forzar a las muchachas a prepararse y ponerse ropas de vestir. Se encontraron frente a la puerta de una casa grande ese atardecer, llenos de expectativas, y notando la tonada melódica de un timbre lujoso. Sergio vestía la chaqueta de color suave "Super-Slim" que Rosibel le había comprado a su petición y llevaba una botella de coñac de regalo.

En las horas que estuvieron ahí las muchachas se sumieron en el aburrimiento, sentadas al lado de la piscina: Gisely perdida en las categorías musicales de su iPod y Ayda jugando con el teléfono de su madre, pero los adultos estaban muy animados, mientras una bachata de Zacarías Ferreira causaba ecos en las paredes y atravesaba el aroma de una noche subtropical, su gemido a un amor perdido que era como "una avispa disfrazada de abeja" flotaba a la deriva en el vacío de la noche. Sergio y Rosibel se enteraron de que la pareja era de un paraje no muy lejano al lugar de origen de sus familias en la sierra, una gente de campo orgullosa que era conocida por su astucia. Sergio y Enrique demostraron el estereotipo, a medida que compartían historias de su ascenso a la vida que querían: las casas; las Toyotas Siennas para sus mujeres; sus yipetas brillosas (Sergio tenía una Pilot azul y Enrique una nítida Xterra color negro); la manera en que rechazaban la vida del nueve a cinco, los turnos nocturnos, las horas extras; sus comienzos heroicos en la gran ciudad.

"Me tomó unas cuantas semanas en la cocina sucia de un restaurante en La Fayette Street para darme cuenta de lo que otros pendejos no veían en años partiéndose las espaldas", relató Sergio.

Él se tornaba más orgulloso y hablaba más duro a medida que el Courvoisier que Enrique destapó después de la cena y sirvió en vasos de chupitos se filtraba hasta sus tendones y tejidos.

"Me di cuenta de que había personas que habían sacrificado sus vidas en estas pocilgas de restaurantes. ¿Y para qué? Estaban viejos y artríticos, todavía trabajando en la cocina, tirando una gran cantidad de horas, sudando en el verano y congelándose los huesos en el invierno, ¿y todo para qué? ¿Para ganar suficiente para poder vivir en un criadero de cucarachas al otro lado del río? ¿Para enviarles dinero a sus padres cada mes y visitarlos una vez al año? ¿Y después tenían que volver a fajarse todavía más y trabajar horas extra para pagar las vacaciones de las que ni se acordaban porque habían estado demasiado borrachos?"

Sergio levantó el pequeño vaso redondo y tomó un sorbo, mojó sus labios.

"No, yo vi inmediatamente que esa era una vida de esclavitud", dijo. "Esos pobres bobos se están matando ellos mismos, dando sus mejores años para enriquecer al dueño".

Enrique volvió a llenar sus pequeños vasos.

"Así es la cosa", dijo Enrique. "Pero la gente no se da cuenta".

"Yo no iba a vivir rezando por un milagro, deseando algún día ganarme la lotería".

Se bebió otro sorbo.

"Eso es como creer en pajaritos preñados", dijo Enrique.

Sergio continuó: "Yo me dije: 'Voy a trabajar aquí y voy a aprender todo lo que pueda sobre cómo se maneja un negocio. Yo quiero ser el jefe'".

Se quedaron quietos un momento mientras escuchaban las letras de nostalgia y sentían los torbellinos del licor en sus cabezas.

"Yo no sé por qué otra gente no se da cuenta y por qué no se independizan", dijo Sergio. "Sí, trabajen fuerte, denle duro, pero trabajen para ustedes mismos".

Enrique dijo su parte: "Bueno, tú sabes, si todos naciéramos para ser jefes, no habría empleados".

Se rieron, y Enrique continuó.

"Precisamente. Ellos se dan cuenta de su situación, pero no quieren arriesgar nada, ves. Si tú eres el jefe tienes que trabajar dos o tres veces más duro que los empleados al principio, pero tienes que usar tu mente también. No puedes coger para tu casa a tirarte en tu espalda y mirar a los Yankees destruyendo a Boston. Tienes que pensar cómo superarte cada hora que estás despierto, dar tu vida a hacer el negocio crecer, tirarte al medio aunque pierdas y olvidarte de todo lo demás, excepto tres cosas, y tú sabes cuáles son".

Se rieron del refrán común.

"Espérate, Enrique, yo estoy de acuerdo... pero yo he añadido una cuarta cosa a mi lista".

Enrique sonreía con rostro expectante.

Sergio soltó su chiste: "Tienes que descansar solamente para comer, dormir y cagar. Todo el mundo sabe eso", dijo él.

Pausó un instante para efecto dramático. "La cuarta cosa es el sexo".

Enrique se rio como si hubiera estado tratando de desatorar algo trancado en su garganta.

Rosibel y Cecilia los miraron desde lejos, a través de la apertura en la pared que conectaba la sala con el comedor, donde ellas hablaban de las últimas tendencias en decoración de interiores según *Vanidades* —bueno, más bien Cecilia hablaba y Rosibel pensaba en lo que ella podría hacer para darle a su casa un aspecto más acabado: "Todavía se siente vacía", confesó. Se pintaron expresiones de reconocimiento en los rostros de Rosibel y Cecilia cuando echaron un vistazo a sus hombres, que les devolvieron las miradas: Se encontraban en esa etapa de la camaradería en que empezarían a hablar de cosas sucias.

Enrique terminó de reírse sobre la cuarta cosa.

"Eso es verdad", dijo. "Pero yo había contado el sexo entre las tres cosas que un hombre debe hacer. Lo considero una forma de comer".

Se rieron otra vez y las mujeres se esfumaron hacia un pasillo.

No mucho tiempo después, Sergio se unió a Enrique en el negocio de bienes raíces. Se pusieron de acuerdo en formar la St. Augustine Grass Investments Corp., que Sergio nombró y financió. Enrique aportaría su conocimiento, sus conexiones y sus licencias de ventas y correduría, y juntos invertirían en propiedades residenciales y comerciales para revenderlas a mejores precios, aunque el objetivo final era adquirir terrenos y construir complejos de vivienda y tiendas para generar efectivo. La oficina de Enrique se encargaría de todo el papeleo. Empezaron por comprar una casa colosal al estilo español que tenía seis recámaras y había sido abandonada por la persona que pidió que se la construyeran.

Tan pronto la vieron, Sergio notó algo que necesitaba atención.

"Tenemos que contratar una compañía de grama para que vuelva a plantar", dijo. "Que pongan algo de grama San Agustín para cubrir todo ese espacio en el patio que parece un lodazal sin valor".

Hicieron pintar el interior en colores pasteles, reemplazaron algunos de los elementos fijos de tipo estándar por otros que costaban veinte o treinta dólares más y hacían que la casa se viera más lujosa —y pusieron ese armatoste en venta nueva vez por cincuenta y cinco mil dólares sobre sus gastos. Nada sucedió por unos días, pero un miércoles en la mañana empezaron las averiguaciones y se encontraron cerrando trato la siguiente semana. Le sacaron setenta mil dólares en ganancias.

Sergio dio la primera de sus fiestas de barbacoa para celebrar. Primero, atendió su casa. Se había comprado un potente cortador de césped, una bordeadora, una recortadora de hilo que usó para demarcar su línea de propiedad y, en conjunto, darle a la grama ese aspecto de una alfombra acolchonada. Él podía pagar para que una compañía de diseño de jardines cuidara el pasto, pero algo en su crianza le decía que eso sería inmoral. Se imaginaba a su padre, torcido sobre la tierra polvorienta de su casucha en el campo, rebanando el terreno con un machete y halando las yerbas que quedaban a mano, una por una. Un charco de pena se revolvía en su pecho cuando visitaba esas memorias: A él le hubiera encantado tener a su padre vivo para que viera hasta donde había llegado su hijo.

Un hombre en buena condición debía ocuparse de su propiedad, Sergio se decía.

Le dijo eso a Enrique en medio de la fiesta, la cual contaba con la asistencia de nuevos conocidos, todos en el negocio: el electricista y el plomero que trabajaron en la casa que ellos compraron, primos que eran hombres flacos de ojos rojizos; el tipo que limpiaba piscinas, cuyo cuerpo consistía de varias capas de sebo montadas sobre sí mismas; el abogado de bienes raíces, que cobraba una tarifa fija y vestía una chaqueta oscura sin importar el estado del tiempo; una agente de ventas que coqueteaba con todos ellos, haciendo que las esposas la miraran desde el blanco de los ojos; oh, y las esposas, cada una más hermosa que la otra, mujeres que podían rendirse a las vueltas de un merengue y al hamaqueo de una bachata sobre sus tacos altos.

Enrique asintió mientras Sergio le contaba de la humildad y honradez de su padre.

"Él estaría orgulloso de ti si te viera hoy", dijo.

Un poco más tarde bailaba cada cual con la esposa del otro, algo que era esperado y no significaba nada más que decir "No soy un tipo egoísta que mantiene a su mujer encadenada a sí mismo; dejo que mis amigos la admiren". Cada uno guardaba una canción favorita para su esposa, y los demás les cedían el paso, por supuesto. Ese atardecer Sergio escogió la versión de Frank Reyes de *Cómo fui a enamorarme de ti*. Rosibel y Sergio dejaron que sus cuerpos se hundieran hacia los pasos, cruzando miradas entre las vueltas de cuerpos y frases: *Cuando en tus ojos me vi, supe que ya no era yo de mi alma dueño*, decía uno de los versos.

Esas vacaciones de primavera Sergio se encontró en el aeropuerto, esperando en la puerta de desembarque a su compadre Miguel, su comadre Lucía, y sus hijos Charlie y Anny, así como una pareja que eran sus vecinos en Brooklyn, dos otros primos y otros del grupo que había asistido a su fiesta de despedida. Todos ellos habían pensado que Sergio atravesaba una crisis al dar ese salto, aquella cuestión de la mediana edad, al dejar todo atrás para comenzar de nuevo en sus días posreproductivos. Sergio se había mudado de todas maneras, porque había vivido en Estados Unidos suficientes años como para conocer "la manera de ser de los americanos": Si te quedas varado en la vida, te estancas.

Logró ganancias que superaban por mucho las seis cifras ese primer año; sin ajetrearse, sin tener que levantarse a las cinco cada mañana, sin palear montones de nieve, sin discutir por centavos con clientes malhablados.

"¡Compadre!" llegó el alarido desde la puerta de desembarque. Otros pasajeros se voltearon para mirar a qué se debía la conmoción, porque fueron el uno hacia el otro como amantes hambrientos y se dieron un abrazo de oso y se levantaron el uno al otro para estimar sus respectivos pesos —una vieja costumbre que les ayudaba a calcular el valor del otro. Y alrededor de ellos se dieron todos los otros saludos, de Lucía y Rosibel, de Rosibel y los hijos de la comadre: ¿Y qué están comiendo que se están poniendo tan enormes? —dijo mientras los manoseaba. Esto era un halago.

"Usted no se ve tan mal, compadre", dijo Sergio.

"Usted no está tan mal tampoco", contestó Miguel. "Parece que aquí están regalando los alimentos en la comida, porque esa barriga es demasiado".

"Ay compadre", se interpuso Rosibel. "Él vive de carne de ternera a la parrilla y cerveza".

"Ofrézcome. Eso suena como la dieta del paraíso", dijo Miguel.

"Espere a que usted trate, compadre," aseguró Sergio. "Uno le pone un buen adobo encima y se come eso con pan crujiente, untado de mantequilla y ajo. Entonces, se mete en la piscina, con una cerveza bien fría, y sabrá qué es la buena vida".

"Pero si hace eso demasiado y le sigue creciendo la panza lo van a sacar en una camilla", bromeó Lucía.

"Me muero contento", dijo Sergio, "y me voy directico al cielo, porque ya estoy practicando aquí cómo e' la vaina."

❈

Los siguientes días fueron para fiestar. Se quedaban despiertos hasta después de la medianoche, comiendo carne a la barbacoa, jugando dominó al lado de la piscina y tocando bachatas anhelantes. Sus perplejos vecinos, remotos descendientes de alemanes e irlandeses, sufrieron en silencio toda esa semana para mantener la paz. Tal vez podían balbucear algunas palabras de esa canción de Zacarías Ferreira que tanto sonaban, aunque no supieran qué decía: *Mi amor por ti era claro como el sol de la mañana. Mi amor por ti era un corazón gigante donde no existía maldad.*

Se levantaban tarde, casi al mediodía siguiente, y los invitados se tiraban al turquesa de la piscina en vez de ducharse. Tenían que disfrutar al máximo mientras aquello duraba, porque en Nueva York solamente estaban esas ciénagas que pasaban por piscinas públicas, lugares donde tipos extraños de barrigas blandas, dientes torcidos y barbas tupidas se refrescaban en las orillas, esperando como cocodrilos a sus presas.

Después del café y unos pedazos de plátanos salcochados con ruedas de salami frito, salían a ver y descubrir los llanos floridanos. Habían visitado los parques de diversiones; habían pasado por pastizales; habían recorrido pequeñas ciudades pintorescas sin peatones imprudentes ni envases sobrecargados de basura. Habían admirado el gran cielo abierto, hasta que un tipo de mareo sobrecogió a algunos. Se habían emborrachado de luz y viento y espacio, llevándolos hasta la noche en que Miguel hizo una declaración mientras se bajaban una cena de arroz, habichuelas y chivo guisado: "Compadre", dijo con toda convicción, "este es el paraíso en la tierra. Coño, yo también quiero una casa al lado de un lago con toda la grama verde y la piscina en el patio, si Dios me la concede". Pausó antes de poner hincapié en otro pensamiento: "Yo he trabajado como una bestia toda la vida y ya no puedo aguantar el dolor de las varices que me he ganado por estar parado todo el santo día. Yo voy a vender".

Lucía se fue en lágrimas. Había estado insistiéndole en privado para que diera ese paso y Miguel había resistido hasta más no poder. Quería esa vida todos los días de la semana.

Esa noche fiestaron hasta más no poder, bailando los pasos frenéticos de merengues que eran un ingenuo ejercicio de libertad. No había que pensar en nada al girar agarrándose de otro cuerpo. No había que preocuparse, no había que entender el sentido de las cosas —solamente moverse al paso implacable de sílabas sin significado: *Culikitakatí culikitakatá; culikitacatí, culikitakatá... Sakalakatiki, takatiki; sakalakatiki, takatiki... Sakalakatiki, takatiki... Sakalakatiki, taka...* Pobres vecinos.

Los jóvenes participaron del dar vueltas, la incesante repetición del ritmo, un símbolo apto para lo que vendría en la vida, la rotación y la órbita del planeta, el caerse hacia adentro de uno mismo que

sucede al volverse adultos, una aceptación incons-
ciente de las ruedas del destino, y de la pasión que
engrasa sus ejes. Llegaron a ese momento, no obstante, en que le repetición era demasiado para
unas mentes que no estaban acostumbradas a la
tiranía de la rutina y se escaparon por los lados de
la casa hasta la entrada del garaje, las muchachas
retorciéndose cuando las ranas saltaban fuera de
su paso, croando y dejando marcas frescas de
orina sobre el cemento.

"Son nastyyyyy" dijo Gisely.

"¿Quieres que cache una para ti?" dijo Charlie.

Él le dejó ver una sonrisa que ella disfrutó.

"Ay no, qué asco. No me gustan", dijo ella.

"Tal vez puedes besar una y convertirla en un
príncipe", dijo Ayda.

"Ay, porfa… En sus sueños".

Caminaban por las aceras, yendo desde el brillo de rojo anaranjado de una lámpara a la siguiente —Gisely, Charlie, Ayda, y otra adolescente que se llamaba Epony, una de las hijas de
otro de los amigos en la fiesta. Un muchacho,
Jordy, los seguía con atraso, aún indeciso.

"¿Para dónde vamos ahora, Gee?" dijo Epony.

"Para ningún lado", dijo Ayda. "Este lugar es
taaan aburrrido. Todo lo que hacemos es dar vueltas…"

"Eso no es verdad", dijo Gisely. "Tú no sabes nada..."

"Oh sí, ¿adónde vamos entonces?"

Ayda se puso las manos en las caderas. Ella resplandecía de pie a un paso de la acera y debajo del punto de luz de una lámpara. Tenía ojos grandes y parecía mirar hasta adentro de la cabeza de su hermana.

"Tú vas a ver", dijo Gisely. "Vamos pa los Downs".

"¿Y eso no es muy lejos?" dijo Jordy.

Todos se voltearon a verle, como si acabaran de darse cuenta de que estaba ahí.

"Vete a dormir", le dijo Epony.

"¿Qué ej'eso, como un *mall* o algo así?" dijo Charlie.

"Sí, vas a ver", dijo Gisely. "Tenemos que salir de la subdivisión".

"Y cruzar el Parkway", dijo Ayda.

"Chévere", dijo él.

"Yo voy", dijo Jordy, mientras jadeaba.

Lo miraron, otra vez, y se voltearon a caminar.

"Entonces", dijo Gisely, "¿oíste a tu papá?"

"¿De qué?"

"Él dijo que ustedes se van a mudar aquí también".

"Ah, eso es él de aguajero... Él ta loqueando porque está bebiendo demasiado. Tú sabe' como ellos se ponen cuando empiezan a bajarse la mamajuana... Empiezan a hablar de cuando eran chiquitos y tenían que beberse la leche directa de las tetas de las vacas, toda cremosa y vaina".

"Si mi pa dice que venimos a vivir para acá yo gritaría y me iría con mi tía", dijo Epony. "Tú sabes, a mí me gusta la piscina, pero mira esta porquería: ¿dónde está la gente, muchacha? Yo estaría alborotada y volviéndome loca si tuviera que ver esta oscuridad todas las malditas noches".

Ella señaló hacia arriba y todos miraron hacia el espacio y vieron las estrellas. Podían oír las ranas croar, los grillos cantar, el agua que rociaban los aspersores.

Llegaron hasta la entrada y caminaron por el pasto mojado porque no había aceras, yendo todo el camino hasta el estanque con su decorativa fuente a chorros, y más allá hacia la curva de Landstar Boulevard, pasando el 128 Chinese de comida para llevar ("Sip, tenemos todo tipo de comida", Gisely le dijo a Charlie, "y te dan más fortune cookies que esa porquería barata del Lucky Star en East New York") y hasta después de la farmacia y toda la vía hasta el Parkway. Podían ver a lo ancho de tres carriles, más allá de un sumidero tapado con yerba salvaje, y hasta el otro lado de tres carriles de tráfico que iban en la otra dirección: las luces del Sebastian Café, el letrero de CLEANERS con las letras AN quemadas, la oficina de seguros de Allstate, el metroPCS de celulares baratos, el Little Caesars de pizzas grasosas, el supermercado Publix Sabor, los rojos y amarillos, los verdes, las luces sobre las tiendas, la gente que caminaba, un oásis de letreros entre los bajos oscurecidos.

"Vamos a comer pizza", dijo Gisely.

Se volteó parar mirar a Jordy: "Okey, vamo' a correr, niño. No te pares en el medio. Así es que matan a la gente".

Se pararon listos a la orilla del bulevar. Gisely contó mientras una camioneta pasaba a alta velocidad. "Okey, uno, dos…"

Se dispararon a correr.

Pidieron una pizza completa, que Gisely puso en la tarjeta de crédito que su papá le dio para emergencias, pero ella dijo que todos tenían que comprar sus propias bebidas. Nadie lo hizo, así que masticaron pacientes y silentes, atragantados con el aceite y la capa adicional de queso.

Deambularon por todo ese lugar, tomándose turnos para tomar fotos para sus MySpaces con sus celulares frente a un lustroso Camaro rojo que estaba en el estacionamiento —tirando señas pandilleras que habían aprendido en Brooklyn; los dos varones con los brazos cruzados, barbillas en alto; las muchachas contorsionándose para mostrar las curvaturas de sus caderas y nalgas. Corrieron de regreso a cruzar el Parkway y por todo el bulevar y por la entrada de la subdivisión y encontraron que todos los aspersores cerca de la entrada estaban activados. Sin importar, corrieron a través de los chorros de agua que se disparaban, las muchachas pegando gritos, hasta que llegaron a la entrada del garaje. La música seguía sonando, un tono más suave de bachata que flotaba hacia la inmensidad de la noche.

Charlie estaba doblado, apoyando ambas manos en sus rodillas para recobrar el aliento, cuando miró directamente a los ojos de Gisely, que estaba en la misma posición frente a él, y se sonrieron, sus dientes más blancos en el azul de la luna. Ella jadeaba todavía cuando se sentó en el bómper de una todoterreno frente a él.

"Este lugar no está tan mal", él admitió.

Miguel sacó dinero de su bodega para ponerlo en el St. Augustine Grass Investments Corp. Compró su casa cerca de uno de esos estanques de retención que ayudaban a convertir paisajes arenosos en vistas frondosas y servían de hábitat a los cocodrilos. Su propiedad se encontraba cerca de un campo de golf, aunque él nunca había sostenido un palo de esos. Le gustaba el libre acceso a los carritos de golf a que la costosa tarifa de la asociación de propietarios le daba derecho y le dio por pasear en ellos en las horas del crepúsculo, dando vueltas por las lomas cubiertas de hierba y alrededor de las monótonas fuentes —tratando de convencerse de que pertenecía en ese mundo bajo un cielo azul claro.

Un atardecer que no había regresado a tiempo para la cena Lucía lo encontró a la entrada para el auto en el carrito de golf con los ojos enrojecidos.

"¿Qué tienes, papi? ¿Qué tienes? ¿Qué te pasa?"

"No me pasa nada. Ese es el problema".

En esos días, Sergio se había convertido en un experto aficionado del cuidado de césped y jardinería. Había llenado los lados de su casa de plantas florecientes, camelias blancas y rosadas, flores de Jamaica de tonalidades en brilloso naranja y azaleas de color magenta que alumbraban las orillas del garaje y enmarcaban un ondeante camino de piedras hasta la casa. Había puesto luces en los senderos y focos parabólicos apuntaban hacia las palmeras que parían nuevas ramas por la esquina de la casa. Había instalado lámparas rojas y blancas que proyectaban haces de luz sobre las hojas del árbol de magnolia, sincronizadas para prenderse al punto del anochecer.

Su especialidad era la grama. La irrigaba dos veces al día por medio de los aspersores, pero también salía con una manguera a mojar los pedazos que quedaban secos. Él daba forma a las orillas cerca del encintado; cortaba las briznas por las paredes de la casa y seguía de lado a lado un patrón triangular con el cortacésped. Iba por el pasto con un esparcidor que hacía llover bolitas de fertilizante, y después barría las que caían de sobra sobre las aceras, alimentando esas briznas gulosas con tanto fósforo como quisieran. A menudo se paraba en el pórtico, rodeado del culebreo nervioso de pequeñas lagartijas, y contemplaba el verde pasto. Daba unos pasos, se arrodillaba y sacaba de raíz esas invasivas yerbas conocidas como monedas de agua, y usaba su esparcidor otras veces para regar su tratamiento contra las chinches, esas cucarachas de la grama que crujían, sus cuerpos trozándose entre las cuchillas del cortacésped.

Una tarde de julio, al mirar el correo, puso al lado las declaraciones de banco y tarjetas de crédito, las ofertas de ventas, el cobro de la hipoteca, y rasgó un sobre de la asociación de propietarios, que él había estado esperando: "¡Felicitaciones! Su propiedad ha sido seleccionada como el Jardín del Mes por la junta de nuestra asociación y formará parte de nuestro concurso para Jardín del Año, lo que podría ganarle un descuento trimestral de 10% en las tarifas de la asociación. Gracias por el cuidado que usted pone en hacer de nuestro vecindario una comunidad reluciente. Puede venir a nuestra oficina durante horas de oficina para recoger un distintivo rótulo de Mejor del Mes que usted puede exhibir frente a su casa. También incluiremos una fotografía a color en el próximo boletín de la asociación. Usted puede notificarnos si su familia quiere posar para una fotografía. Atentamente, la Directiva".

Él atravesó la sala vacía, infundida de esa luz que traspasaba las cortinas color lavanda que Rosibel obtuvo en Bed, Bath and Beyond, y gritó: "¡Tenemos el mejor jardín! ¡Tenemos la mejor grama! ¡Ganamos, carajo! ¡Ganamos!"

Esa navidad fue la mejor. Muchos familiares y amigos del norte bajaron a ver de qué se trataba este asunto de la Florida y las casas de Sergio, Miguel y hasta Enrique estaban repletas de invitados que no tenían con qué o eran muy tacaños para pagar hoteles. Otros se habían quedado en algunos de los moteles cercanos (dándose cuenta como muchos recién llegados que había una abundancia de ellos a los lados de las carreteras estatales, anunciando cuartos con aire acondicionado y televisión por cable con canales premium y triple equis; ya fuera porque la gente en el clima húmedo se vuelven libidinosos o porque no pueden pagar el costo de verdaderas casas, o ambas cosas) y la mayoría se reunía en casa de Sergio para cada mediodía, sentándose a escuchar música y hablar de nada mientras se bajaban desayunos cargados de manteca con las primeras cervezas y bebidas refrescantes del día. Estas gentes de East Flatbush, de Canarsie, de Brownsville, de Los Sures en Williamsburg, que estaban acostumbradas a visitas a la apretujada Piscina Betsy Head a cocerse en una mezcla de agua, cloro y meado diluido, se encontraban ahora metidos hasta sus pechos en la piscina privada (mantenida aireada y cristalina por el paciente trabajo de un limpiador robótico) de la familia González —los adolescentes haciendo saltos de bomba en lo más hondo, mientras el cantante bilingüe de Aventura gemía en el trasfondo, una concesión a esos jóvenes bachateros. *Déjenme soñar*, decía el coro, *que el corazoncito es mío, mío, mío*, contestaba en voz suplicante. *Déjenme soñar*, insistían los del coro. *Yo soy el poeta de mil penas, y tú eres mi condena*, el vocalista canturreaba. Y las muchachas enloquecían y se hamaqueaban de lado a lado en la piscina mientras esa otra canción empalagosa sonaba —*So nasty*, decía el cantante— sobre un Cupido indiferente que arruinaba un enlace de amor, *y me ha dado de herencia la fortuna del desamor*.

Salieron a enloquecidas excursiones, incluyendo esa obligatoria visita a Disney World, donde los niños se excitaron por nada, porque sus papás hicieron el viaje con tal apuro por regresar a su bacanal de piscina (el tipo de fiestas nocturnas en que las mujeres adultas se caían o se tiraban al agua en sus faldas y salían goteando agua en ropas transparentes) que negaron casi todas las peticiones de subirse a las atracciones. Las colas eran muy largas, decían. El calor era insoportable, alegaban. Las atracciones, estúpidas, comentaban a toda voz. Las "machinas" que instalaban de vez en cuando en un campo de béisbol descuidado en

Bushwick eran mejores que esa porquería tan cara, concluyó otro.

"Yo te levanto y te sacudo para los lados hasta que te vomites encima, si eso es lo que tú quieres," el campeón de dominó del grupo, José Arias, le gritó a su hijo Kelvin, un muchacho de nueve años, tan ansioso por montarse sobre los Dumbos voladores como su papá por regresar a las Heinekens.

José Arias trataba de ser amable, inclinándose para mirar a su hijo a los ojos, viendo sus lágrimas brotar y aun así dándole al niño una lección.

"Mira, papi, esa vaina e' estúpida", le dijo. "Te sientan en una caja de hojalata y te tiran pallá y pacá y otra vez pallá. *Come on…* No llores como una mujercita. Te vamos a dejar comer helado cuando regresemos, pero no si sigues con el lloriqueo".

Caminaron por el parque lo suficiente para que sus pieles se quemaran porque no podían encontrar la salida. Los adolescentes se paraban en todas partes para tomarse fotos para sus páginas de MySpace, fingiendo que se subían o bajaban de las atracciones.

"Mira Kelvin, eso es solamente un hombre chiquito con una máscara en la cabeza", insistió José Arias. "No hay ningún maldito Mickey. ¿Tú no ves como él no para nunca de reírse? ¿Cuándo tú has visto una persona real que no para de enseñar los dientes? Es de mentira, todo es de mentira.

141

Yo te voy a enseñar un ratón de verdad cuando volvamos a los proyectos, a ver si te gusta".

Fueron a la playa otra tarde: qué lujo, pasarse el rato en la arena en medio diciembre como lo hubieran hecho en La República (excepto que en la patria también hubieran retozado en el agua clara y tibia y estas otras olas eran marrones, como saladas aguas residuales y frías cual abrazos distantes). Sin embargo, ahí estaban recostados en la arena, bebiendo cerveza, oyendo a Juan Luis Guerra (uno de los primos educados en la universidad fue el de la idea) cantar su meta-bachata (así fue como el primo universitario le llamó, lo que fuere que eso significaba) sobre cantar bachata en el Fukuoka de Japón. Algunas de las muchachas, apretadas en sus bikinis, bailaban con hombres imaginarios, sus pies desnudos arrastrándose sobre los granos cenizosos que eran restos de rocas prehistóricas: *Sueños, de arena en las olas; besos, me daba tu boca; tengo, estrellas y rosas; niña, cantando en Fukuoka.*

Al regreso de ese viaje vieron unos naranjales, los árboles tan repletos de frutas rojizas que sus ramas se doblaban, imploraban que las liberaran de su cargamento. Se estacionaron al lado de la carretera y se esparcieron fuera de sus vehículos como locos, emborrachados con la fragancia pasional de los azahares. Acababan de descubrir que las frutas que brotaban de los árboles en esa tierra abonada eran como las de los cerros de campo de su tierra natal —esa especie amarga de cáscara gruesa y porosa conocida como citrus aurantium, que ellos conocían como naranjas agrias. Sabían que esas frutas eran incomestibles, pero sus pieles secretaban una fragancia que excitaba el deseo y sus pulpas derramaban un jugo penetrante de sabor intenso que servía para marinar la carne.

"¿Pueden creer este regalo de Dios?" Sergio dijo al grupo. "¡Vamos a preparar carne asada esta noche!"

Los hombres salieron de esos terrenos agarrando sus camisetas en frente, cargando montones de naranjas cosechadas de esos árboles.

"Esto es robar", protestó Rosibel.

"Esta tierra es de Dios", aclaró Sergio, "y sus frutas son para todos. Estas se iban a podrir en los árboles".

Esa noche a la comedera y el baile se añadieron sesiones de gemidos discretos en los varios aposentos de la casa.

El día siguiente, la casa olía a naranjas y el grupo arrancó para las tiendas, yendo a uno de esos centros comerciales con fastuosos paseos con palmeras, riachuelos artificiales, pájaros que trinaban, todo un ecosistema tropical detrás de cristales, visible desde pasillos con aire acondicionado —y las mujeres se volvieron locas con los vestidos brillosos, y los zapatos, y los collares, y las carteras. Qué tortura fue para los hombres, otra razón para pasarse esa misma noche jugando dominós y bebiendo hasta que no sabían quiénes eran; las mujeres tomando bebidas frescas y mojando sus piernas rasuradas en la piscina, de manera que nadie quería darse cuenta de que Gisely tenía una fiesta de reggaetón en curso con todos los adolescentes, y algunos invitados de su escuela, en su aposento. Algunos perreaban, tomándose turnos para meterse en un clóset. Y el reggaetón de Wisín y Yandel sonaba duro al otro lado de la casa, *Tienes un cuerpo brutal, u oh oh, que todo hombre desearía tocar, u oh oh; sexy movimiento, oh, oh, oh, y tu perfume combinó con el viento. Qué rico hueles…*

El desenfreno siguió hasta la Nochebuena, cuando todos se sentaron a una cena con todos los hierros: carne de chivo que goteaba la grasa y estaba bañada en el jugo de las naranjas agrias para atenuar el almizcle, con arroz amarillo y guandules, ensalada rusa, plátanos maduros, remolachas en jugo de limón, tostones salados y costillas, y ponche hecho en casa, cargado con ron Brugal Especial Extra Viejo.

Bajaron la música, se pusieron de pie alrededor de la mesa, inclinaron sus cabezas y Rosibel dijo una simple oración: "Señor, gracias por la vida y por estos alimentos, y por la familia y los amigos. Derrama tus bendiciones sobre todos los que han venido aquí a pasarla juntos y a celebrar el nacimiento del Niño Jesús".

Amén, contestaron todos.

Esa noche, cuando estaban de pies solemnes en la misa del gallo, Sergio se dio cuenta con apabullante gozo de que la vida valía la pena. Sintió nostalgia por su padre, por su madre y por todas las bendiciones espirituales que ellos le habían regalado. Sus ojos se llenaron de lágrimas por ellos, que se habían ido de este mundo antes de probar los frutos de su trabajo. Para consolarse, los imaginó en celebración permanente en el cielo.

Después de que la multitud de familiares y amigos se había ido la casa se sintió otra vez como un cascarón —los mosaicos del piso rechinantes con los rastros de arena de muchos pasos; la piscina una sopa de químicos que diluían el sudor de cuerpos que habían tomado vuelo; el clóset de Gisely un desorden de zapatos aplastados y ropas que cayeron de sus perchas y habían sido pisadas.

Las cosas habían regresado a la normalidad para eso de enero y los tres hombres se sentaban al lado de la piscina revisando estimados de impuestos de los condados donde tenían propiedades. El saldo era de miles y miles que debían de pagar para marzo.

Enrique notó el pánico en el rostro de Miguel.

"No te preocupes", le dijo. "Yo he estado en esta situación muchas veces, por muchos años. Esas casas se venderán para el tiempo en que haya que pagar los impuestos y estaremos bien".

"Espero que así sea", Miguel dijo.

Enrique empujó la silla hacia atrás y se puso de pie, incapaz de esconder un gesto temporario de repugnancia.

"Ven, esta es la regla número uno para cualquiera en negocios", dijo, "especialmente este tipo de negocios donde es todo sobre papeles, números en declaraciones bancarias y valoraciones que se convierten en líneas de crédito".

Miraba a Sergio al decir esto, pero Miguel se daba cuenta de que lo estudiaba de reojo.

"Ven, el negocio está todo aquí", siguió.

Una vez más, apuntó a su sien derecha con el dedo índice mientras decía esto.

"Está todo en la mente".

Caminó por los lados de la piscina y se detuvo en la misma orilla del lado hondo, como si quisiera demostrar que no le preocupaba caerse. Miraba más allá, hacia la distancia del estanque.

"Si te llenas de miedo haces que tu mente sea débil. Si no mantienes las riendas de tu mente eso se va a notar, va a destruir tu confianza en ti mismo, va a destruir tu negocio y te va a destruir a ti".

Sergio y Miguel se miraron.

Sergio se puso de pie.

"Nosotros no somos hombres de tener miedo, pana", dijo. "Esta no es la primera vez que vivimos de los negocios."

Miguel se quedó sentado: "Yo solamente estoy sumando las cantidades, eso es todo. Lápiz y papel con los números".

Enrique se volteó, dramáticamente, y caminó hacia ellos. Miguel se volteó en su silla para verle.

"Bueno, deja de sumar y restar", le dijo. "Eso es matemática simple. Esto es sobre los múltiplos. Estamos hablando de hacer crecer tu dinero, no de añadir o quitar unos cuantos dólares y centavos. Piensa en grande —y abrió sus brazos ampliamente al decir eso— y prospera. El que sueña en pequeño también vive una pequeña vida. Ten fe y deja de pensar en cheles mojosos".

Miguel se rascó la cara con barba de varios días sin afeitar, y no dijo nada.

Las ventas seguían flojas por meses, pero ellos andaban en una ola de compras compulsivas, acaparando casas a diestra y siniestra ("Oportunidades", decía Enrique, "oportunidades. Se van y no vuelven"), viajando hasta los predios de Miami para poner las primeras ofertas en condominios bajo construcción ("Mi hermano, estos se los vendemos a políticos corruptos y exmilitares latinoamericanos después. Todos traen su dinero al Estado del Sol"), subiendo y bajando por la

Interestatal 95 en busca de lotes frente al mar y metiéndose hasta las profundidades de los matorrales de la Florida, hacia lugares con nombres como Wauchula, Frostproof y Pahokee para firmar contratos por terrenos de cultivo, algunos de ellos con esos huertos de naranjas dulces y agrias que esperaban florecer.

Estaban perdidos por los predios del Lago Okeechobee cuando encontraron uno de esos sitios, acres de tierra hundida y saturada de palmitos y conjuntos de arbustos salvajes e hierbas verbenáceas, uno de esos terrenos pantanosos y plagados de mocasines de agua y otras variedades de serpientes.

"¿Qué ven ustedes aquí?" Enrique les preguntó.

Miguel sabía que estaba ofreciendo una respuesta que a Enrique no le gustaría, pero estaba cansado y tenía hambre y calor.

"Un montón de lodo inútil".

"No seas pendejo. Es inútil si tu imaginación es inútil".

Miguel se acercó al rostro de Enrique.

"Cuidado con las palabras que usas conmigo, mamagüevo".

Sergio fue a interceder, pero ya volaban los puñetazos y los tres se enredaron, perdieron el balance en movidas defensivas y se fueron rodando hacia un matorral de hierbas de Guinea, y se arrastraron y se dieron trompones hasta el punto de que no sabían quién estaba peleando con quién. Se desenmarañaron y saltaron y terminaron cuadrados como tres animales salvajes, espiándose uno al otro, sus ropas con cadillos enganchados y atolladas de un lodo pardo-gris, sus brazos en ángulos frente a sus pechos jadeantes, listos para bloquear o tirar puñetazos. Enrique sangraba de la nariz.

Fue bueno para ellos que el celular de Sergio sonó insistentemente con el tono de fábrica que parecía una serie de campanadas.

"¡Coño! Contesta esa mierda", dijo Enrique.

Se llevó la mano a la cintura y abrió la cubierta de un tiro. Se alejó a unos pasos de ellos; los otros dos dejaron que sus cuerpos se relajaran, aunque guardaban la distancia.

"Sí, sí, estábamos haciendo negocios", dijo Sergio. "Tú sabe' eso…"

"¿Cómo que qué tipo de negocio? La misma cosa que hemos estado haciendo, comprando y vendiendo…"

"Aguanta, aguanta ahí…"

"Las ventas van a llegar…"

"Okey", y suspiró de manera impetuosa. "Mira…"

"Yo no… Yo no sé".

"No", continuó, "No voy a ir al maldito super-mercado… Yo voy pa la casa a dormir despué' de esto".

"Yo la voy a cortar…"

"¿Por qué tú no la corta' entonces?" le dijo. "Salte pa' fuera y fájate a sudar como un hombre".

"¿Tú sabe' qué? Contrata a un tipo y deja de joder tanto".

"¡Sí, contrátalo pa' eso también!"

Cerró la cubierta de golpe y sin despedirse.

"¿Cuál es su problema?" preguntó Enrique.

"Tú sabe', la' mujere'…" dijo Sergio.

Se habían juntado cerca de la Pilot de Sergio para sacudirse el polvo y quitarse los cadillos de la ropa.

"¿Qué con ellas?" dijo Enrique.

Sergio le miró el rostro, supo que el tipo quería hablar de cualquier cosa, cualquier cosa en vez de resolver el encontronazo que acababan de tener. Decidió seguirle la corriente.

"Tú sabe' cómo son", dijo Sergio, "siempre fu-ñendo la paciencia, haciendo demasiadas pregun-tas".

Mientras se subían al carro, Sergio suspiró y explicó en mayor detalle y en voz calmada.

"Me llamó para quejarse de que la yerba está creciendo por todas partes y que la mancha marrón volvió a salir y que tengo que cortar la grama. Pero ahora mismo…"

"¿Por qué no contrata un tipo?" dijo Enrique.

"Eso fue lo que yo le dije".

Se quedaron callados mientras Sergio guiaba cuesta arriba en un camino de cascajo. El contacto de las ruedas con la tierra hacía ese sonido extrañamente satisfactorio del triturar de las rocas.

"Ella también dijo que yo solamente ando vaciando la cuenta de banco y que no estoy poniendo dólares de regreso, que nosotros lo que hacemos es comprar y comprar, pero no sabemos vender ni un plátano pelao, que eso no es negociar".

Enrique se rio y se dio un manotazo en las rodillas, pero él fue el único en encontrarle gracia al comentario.

Miguel se veía encojonado en el asiento del medio de atrás, como si hubiese querido terminar de partirle la cara a Enrique, y después continuar con Sergio.

"Mejor vámonos", dijo Miguel. "Ella tiene la razón. ¿Qué hacemos nosotros en casa 'el carajo hablando mierda?"

Sergio arrancó en la Ruta 441, en dirección norte, y ahogó sus pensamientos en un merengue escandaloso y frenético de Eladio Romero Santos, guitarras, tambora y güira traspasando las dimensiones extra espaciales que ellos no podían ver.

"Súbelo. Sube esa vaina", dijo Miguel.

Se recostó para dejar que el golpe del bajo hiciera ecos en su cráneo.

❊

El cielo estaba repleto de nubes de carbón para la hora en que Sergio llegó a casa y el estrépito del trueno señalaba la tormenta que se avecinaba, pero se detuvo afuera un rato, mirando al árbol de magnolias y estudiando el pedazo muerto de grama que había tomado la forma de la península de Samaná. Dio la vuelta por el lado de la casa y hacia el patio, y entró por la puerta de malla de la piscina y abrió el refrigerador que tenía ahí, y se reclinó sobre una silla de piscina a tomar sorbos de una Amstel Light.

Cuando la tormenta descendió con rayos que se estrellaban sobre el Subtrópico y viento que parecía querer arrancar los árboles de raíz, él simplemente movió la silla hasta debajo de la cabaña de la piscina y contempló al cielo colapsar en la distancia. Esos aguaceros eran una de las cosas más hermosas y destructivas de aquella vida.

Ayda fue la primera en notar que él estaba ahí y salió y lo abrazó y se sentó sobre sus piernas. Él le preguntó cómo iba la escuela. Aburrida, dijo ella. Él no añadió nada.

Rosibel se quedó parada en la puerta.

"¿Entonces? ¿No tienes planes de entrar a tu casa?"

"¿Y pa' qué?"

La lluvia paró, pero seguían los rayos y los estruendos hacia los lados del aeropuerto.

"¿A quién le pagaste pa' que cortara la grama? La mató."

Ella no contestó.

"Está cortada hasta la raíz. Y las orillas no las emparejaron; lo que hicieron fue que las quemaron con el weedwacker... Y no le pusieron ningún tratamiento al pedazo dañado".

"Fui yo", dijo ella.

Rosibel le dijo a Ayda que se fuera adentro y siguiera trabajando en su tarea. Ella se puso de pie, sus brazos caídos, sus músculos faciales apretados, pasó por el lado de su madre sin decir una palabra. Rosibel esperó hasta que ella se había internado en la oscuridad de la casa.

"No te llamé otra vez, pero yo no he podido dejar de pensar... Tú no me dejaste dinero y fui al banco y vi que tenemos como cuatrocientos dólares ahí. ¿Qué e' lo que está pasando? ¿Adónde se fue el dinero?"

Los ojos de Sergio se endurecieron.

"¿Por qué tú andas averiguando lo que no te importa?"

"Es mi dinero también. No se te olvide que yo trabajé igual que tú cuando teníamos esas bodegas".

Él se puso de pie, tiró la botella de cerveza vacía en la piscina, solamente para fastidiar.

"Y como siempre, tú no deja' que se me olvide. Cuando yo tenía esos negocios, tú siempre estabas preocupándote de que yo 'taba negociando mal y que lo íbamos a perder todo... y no salió así".

"¿Quién dijo que vamo' a perderlo todo? Yo solamente te estoy preguntando de la cuenta de banco, porque yo sé que tenemos dinero en otros lugares. Lo que está ahí ni va a dar para el mortgage este mes".

"No lo perdimos todo en ese entonces, ¿o no fue así?" él preguntó.

"Yo no estoy hablando de ese tiempo".

Él la miró fijamente, haciéndole creer que la escuchaba.

"El dinero está en el negocio, y nosotros tenemos otras cuentas," dijo.

"Sí, tu dinero, y el dinero de Miguel, pobre hombre. ¿Cuánto ha puesto Enrique?"

"Él es el tipo con las licencias y la experiencia. Él no nos necesitaba".

"Ajá, yo sé, yo sé. Él está haciendo esto para ayudarlos, qué buen tipo que se encontraron ustedes. Tal vez él puede ir y darle labia a los del próximo trato y se compran la propiedad sin poner depósito".

El rostro de Sergio se relajó. Caminó hasta ella, levantó su mano para recoger el bucle que cubría un lado de su cara. Le besó la frente.

"No te preocupes," le dijo. "Cuando estas propiedades se vendan…"

Se detuvo, y le dijo la verdad de sus pensamientos.

"Vamos a salir de este tollo después de eso".

La noche estaba sobreponiéndose a la luz tenue que se filtraba por las nubes.

La manera en que Miguel lo contó, sucedió que se despertó de un sueño en el que otra vez estaba en los terrenos de cultivo alrededor del Lago Okeechobee. Estaba peleando con Enrique entre la maleza cuando los ojos del hombre se tornaron redondos y brillosos, su ligero bigote se convirtió en largos filamentos y las bolsas bajo sus ojos se incrustaron en su piel hasta que habían tomado la forma de manchas oscuras que simulaban un antifaz. Su rostro ovalado se estaba deformando, dándole un hocico, sus orejas redondeadas, su nariz un órgano mojado. Miguel se dio cuenta de que estaba peleando no con una persona, sino con un descomunal mapache, un racún.

Miguel estaba convulsionando sobre la cama porque el mapache lo ahorcaba y estaba a punto de rasgarle la cara con sus garras.

"¡Vete, cosa del diablo!" gritó en la oscuridad.

Lucía se sentó de súbito y tuvo que sacudirlo para que despertara. Aunque sus ojos estaban abiertos, Miguel rodó fuera de la cama, vestido en unos largos calzones ridículos con la sonrisa de dientes exagerados de SpongeBob SquarePants (un regalo del Día de los Padres de su hija Anny que se había convertido en sus piyamas). Él se aplastó a mirar bajo la cama y haló el bate de béisbol que todo hombre dominicano guarda ahí. Lo sostuvo a lo Albert Pujols.

"¿Pa'ónde se fue? ¿Para dónde se fue?"

"¡¿Para dónde se fue qué, Miggy?! ¡¿Te estás volviendo loco, por el amor de Dios?!" gritó Lucía.

"La cosa esa" dijo.

Ella prendió la lámpara de su mesita de noche.

"Yo tuve una visión…"

"¿Qué visión?"

"Sobre Enrique".

"¿Qué de él?"

"El tipo es un maldito racún", dijo. "Tú sabe', él vive de la sobra de otra gente".

Lucía simplemente lo miró porque ella no necesitaba más palabras. Ella sabía.

✻

El mal sueño sucedió varios días después de la pelea. Los hombres habían mantenido la distancia el uno del otro como un período de enfriamiento, un tipo de agotamiento después de una carrera desesperada para acumular propiedades y asegurar cientos de miles, tal vez millones, de "dólares futuros" cuando revendieran esas casas y parcelas o, como último recurso, lograran traspasar sus títulos (algo que no entendían del todo pero que sonaba como un buen plan, por si acaso, cuando Enrique lo explicaba en una voz calma que encubría las maquinaciones de su mente: "Uno puede hasta dejar que todo se vaya a un procedimiento de ejecución hipotecaria con la seguridad de que habrá un superávit para el inversionista inteligente, pero debe tener el conocimiento para reclamarlo y maximizar su potencial de ganancia a través del sistema judicial. Solamente tienes que asegurarte de que te sea dada la diferencia entre la deuda de la propiedad y su valor real en el proceso de venta, lo cual es el asunto que importa y entonces buscas una indulgencia legal de las obligaciones impositivas. Créanme, yo he hecho esto antes y trabaja. Al fin de cuentas, les juro por el alma de mi madre, cada cual recibe lo que merece. El banco, la corte, ustedes... ¿No es este un gran país?").

Miguel hizo caso al consejo de Lucía y dejó el bate en casa y acordó pasar por donde Sergio primero, para que pudieran confrontar juntos al hombre racún. No eran todavía las ocho esa mañana cuando se presentaron a la puerta de sus amigos. Rosibel los recibió y en las miradas que intercambiaron ella y Lucía había un reconocimiento.

Sergio se veía demacrado y desaliñado en su traje de baño descolorido y una vieja camiseta estampada con un gran sol anaranjado, una casita de playa, árboles palmeros reclinados y la inscripción "REPÚBLICA DOMINICANA". Todo lo que había hecho era beberse su reserva de cerveza en esos días lluviosos, sentado junto a la piscina, escuchando viejas bachatas que iban hasta los días de Luis Segura: *Pena es lo que siento en mi alma, porque esta mujer no entiende y me hace perder la calma.*

Se sentaron cerca del comedor de la cocina en unos taburetes, aunque Sergio se fue a una silla en la mesa de cristal que todavía estaba sin pagar en su Elite Mastercard. Sergio y Rosibel sintieron el abrazo del miedo en sus corazones al oír el relato del sueño y la afirmación que Miguel repitió entre pequeños sorbos de café negro.

"Compadre", dijo él, "hay maldad en este mundo. Hay maldad en este mundo".

"¿Por qué ustede' no van y averiguan qué e' lo que está pasando?" dijo Rosibel. "Vayan díganle al tipo que Miguel se quiere salir ahora. Él no puede forzar a nadie a seguir en el negocio".

Sergio puso su tacita sobre el platillo, sin importarle el choque de la porcelana.

"Si Miguel quiere dejar esto, yo también lo quiero dejar".

"Que así sea, entonces", dijo Rosibel.

Sergio se detuvo cerca de la entrada a mirar lo que sucedía con su grama después de días de lluvias esporádicas, y la mancha marrón se había regado hacia el lado del frente del árbol de magnolias. Había otros puntos descoloridos por las orillas del césped también. Un racimo de ombligos de Venus estaba prosperando al lado del caño de desagüe.

Manejó en silencio hasta la comunidad cerrada donde vivían Enrique y Cecilia, entraron el código que él les había dado para el portón y funcionó, circundaron por las calles serpenteantes y alcanzaron a ver una pila de basura, algunos muebles rotos y enchumbados, un par de bolsas negras en la entrada de la marquesina. La Xterra y Siena no estaban allí.

"Los carros 'tán dentro del garaje", dijo Sergio. "A lo mejor están durmiendo".

Se pararon a mitad de la larga entrada, reco-
rrieron el camino hasta la puerta y Sergio tocó el
timbre. Miguel empujó la puerta y se abrió.

"Estaba junta nada más", dijo Miguel.

Sergio vio cómo la cara de Miguel cambiaba.
Había sorpresa, hasta una especie de gozo en demostrar algo. Lo siguió hacia adentro —la sala estaba vacía, las rayas de los marcos de cuadros quedaban marcadas en las paredes donde habían estado las pinturas de paisajes cualquiera y retratos
familiares; el comedor formal en la parte trasera
era un cuarto vacío también y su lujosa lámpara
colgante había sido arrancada del techo, donde
colgaban unos cables enrollados en cinta aislante.
Caminaron por los pasillos, subieron las escaleras,
entraron a los baños, llamándolos por sus nombres, aunque sabían que no habría respuesta.

"Lo voy a llamar ahora mismo", dijo Sergio.

Sacó su celular, lo abrió con el pulgar y marcó.

"Nadie contesta", le dijo a Miguel, el celular
todavía en su oído.

Miguel asintió y miró al piso.

Sergio levantó su mano para decir 'Espera un
momento', y empezó a hablar: "Hola Enrique, este
es Sergio que llama. Estoy en el aposento de tu
casa ahora mismo… bueno, eso suena raro. Estoy
en tu casa vacía… ¿Qué e' lo que está sucediendo?
¿Qué coño es esto? ¿Dónde tú andas? ¿Por qué no

nos dijiste? ¿Cómo tú te va' a mudar sin decirle a tus socios?"

Dos horas después, cuando iban de regreso: "Llámame". Y la quinta vez esa tarde, después de beberse con Miguel las cervezas que quedaban y empezar con la botella de mamajuana: "Mira, hijo de puta, mejor que esto sea una emergencia y tengas una explicación; si ej'eso, me perdonas, pero si estás pensando cogernos de pendejos te voy a buscar al fin del mundo y te voy a machacar los granos, maldito racún. Mejor que nos dejes saber dónde andan ustedes por las buenas".

El mensaje de Miguel a Enrique tomó un tono deliberado cuando él tuvo la compostura para llamar unos cuantos días después: "¿Tú sabe' lo que le hacemos a los racunes que nos joden la paciencia en Brooklyn? Los cachamos en una jaula y entonces buscamos a nuestros amigos, y los soltamos en un callejón, y le damos una y otra vez con bates de béisbol. ¡Bin bum! ¡Bin bum! Cuando le das la primera vez tú puedes oír las costillas y el espinazo craquearse, como si fuera pedazos de cereal trozándose en la boca. Les pegas en la cabeza —¡bum!— y chillan, y se mueren, botando toda su baba... ¿Tú entiendej'eso?"

El buzón de mensajes se llenó de mensajes odiosos y luego el teléfono fue desconectado y ambos acudieron a llenar una querella policial. El oficial de policía, un hombre alto de cara grasosa y descolorida, les pidió que repitieran la secuencia de eventos un par de veces y les miraba las caras como los dos idiotas que eran. Parecía fascinarle el tema.

"Entonces, ¿cuánto del dinero de ustedes dicen ustedes que él tiene?"

"Como doscientos mil", dijo Sergio.

"Ciento veinte de mi parte", dijo Miguel.

El policía se esfumó hacia unas oficinas en el trasfondo, regresó a la media hora.

"¿Enrique Torres, dijeron ustedes?"

Asintieron.

"No hay ningún registro de un Enrique Torres que vivía en esa dirección, ningún Enrique Torres con una licencia de bienes raíces en el estado de la Florida tampoco. Él le dio otro nombre, también falso, al propietario de esa casa, que puso una querella porque el hombre y su familia se largaron debiendo meses en un contrato de arrendamiento financiero. Eso fue lo que encontré de él: Nadie sabe quién es este tipo. Hay otra víctima de crimen financiero buscándolo por el asunto de un préstamo personal, pero en ese caso usó otro nombre falso, y la compañía de arrendamiento de automóviles reportó los carros que él y su esposa manejan como robados. Su esposa, si eso es lo que ella es porque su identidad también es falsa, engañó a un salón de belleza con la venta de productos de belleza presuntamente importados y al por mayor que nunca fueron entregados. Se quedó con el depósito".

"¿Y qué de nuestra compañía?"

"¿Qué compañía?"

"Saint Augustine Investments Corp. Tenemos una sociedad con él".

El agente volvió a las oficinas en el trasfondo y regresó después de un rato.

"Sí, esa compañía está registrada como un LLC a nombre de ustedes. No hay ningún Enrique".

"¿Y cómo vamos a recuperar nuestro dinero?" dijo Miguel. "Él vació la cuenta de inversiones y nos dejó con un montón de propiedades a nombre de la compañía. Vamos a tener que empezar a pagar esas mensualidades".

El oficial los miró sin pestañar.

"¿Y qué…? ¿Qué va a pasar con nosotros?" insistió Miguel.

"Lo siento. Le hemos notificado a la oficina del fiscal general. No sé qué más decirles".

Sergio y Miguel desistieron de la idea de perseguir a un criminal sin nombre, después de varias semanas rondando los lugares que antes frecuentaban. Nadie había vuelto a ver a la pareja. Ni siquiera los niños volvían a su escuela. Los dos se dedicaron a deconstruir sus vidas: Vendieron sus muebles, sus minivanes y se deshicieron de una gran cantidad de ropa para clima caluroso en una organización de beneficencia. Cerraron cuentas de banco y detuvieron pagos de hipotecas. Tuvieron que recurrir a un abogado de bienes raíces para disolver la compañía y entregar esas propiedades a los bancos. Reunieron dinero que habían dejado en cuentas de cheque para comprar pasajes, alquilar un camión y organizar el regreso. Cuando estaban empacando sus maletas, Gisely reveló que estaba embarazada y que el padre era Charlie, el hijo de Miguel. Culparon las noches de reggaetón en su cuarto. Rosibel y Lucía se fueron del estado primero con los jóvenes, aprovechando un especial de vuelos nocturnos en Jetblue. Su plan era encontrar apartamentos contiguos, o por lo menos en el mismo edificio, en algún lugar de Brooklyn, para que los hombres regresaran a trabajar en bodegas.

Sergio y Miguel cargaron el camión arrendado, se bebieron hasta la última gota de alcohol que encontraron en sus casas y se durmieron sobre la alfombra del que había sido el hogar de Sergio. Despertaron en las horas de la madrugada, tomaron duchas para matar la resaca, hicieron el último café en esa cocina, se pusieron las mismas ropas y se prepararon para salir hacia la Interestatal 95 antes de que se acumulara el tráfico. Miguel insistió en llevar su bate en la cabina del camión, en caso de que se encontraran con un mapache en una de esas paradas de descanso: Él había activado la ignición y estaba calentando el camión, dispuesto a hacerse cargo del primer tramo de carretera hasta pasar por el interior de Georgia, cuando notó que Sergio miraba por la ventana de pasajero hacia la casa que estaba a punto de abandonar.

"De verdad se ve vacía, como que no tiene vida", dijo Sergio.

Volteó a mirar a Miguel: "Dame un momento".

Miguel asintió. Sergio se bajó del camión, abrió la puerta del garaje con el control remoto que era su llavero, y entró y buscó el contenedor de gasolina que había usado para guardar el combustible de la cortadora de grama. Miguel se alarmó y apagó la ignición y salió corriendo fuera del camión. Con brazos abiertos suplicó: "No lo hagas, Sergio, ¡no lo hagas!"

Sergio no dijo nada. Sacudió la cabeza y levantó el brazo para indicar a Miguel que no tenía de qué preocuparse. Caminó hasta la irregular mancha marrón en la grama, que ya no le recordaba ninguna geografía. Derramó el líquido claro sobre ella. Reculó y tiró el contenedor de gasolina en el garaje antes de cerrarlo por última vez. Le señaló a Miguel que se echara hacia atrás y dijo: "Hay que atender las plagas, o se riegan". Prendió un fósforo y lo tiró sobre la mancha, que combustionó. Las chinches crujían; algunas saltaban fuera del fuego. Ellos miraban, bañados en el brillo anaranjado del fuego y el amanecer.

Anteanoche

Dos pequeños puntos de luz atravesaron el frío. Yo estaba de pie a esa hora de la madrugada en la cocina de ese viejo apartamento de sótano que había alquilado cerca del campus. Ese había sido un lugar sombrío que se sentía bien para mi sitio en la vida, días y noches perpetuas de trabajo en las sombras para ganar esas letras de validación al final de mi nombre. Aún a mediodía, poca luz se escurría por las viejas ventanas de tolva obscurecidas por un descuidado jardín de yerbas y hortensias. Una sombra más impenetrable se asentaba cada día después de que el tenue brillo solar se iba.

No recuerdo cómo ni cuándo había llegado al lugar donde me encontraba en mi apartamento, pero nos ubicábamos en la intensidad de dos criaturas que se sopesaban por vez primera. Ella era una anciana que portaba un paño sobre la cabeza y se sentaba encorvada. Y yo, yo no sabía quién era.

Ella me había estado mirando mientras yo tomaba forma. No me moví hasta que ella se levantó y, sin que ninguno de los dos dijera una palabra, entendí que debía seguirla. Nos movimos a través del estrecho pasillo que conectaba a la cocina con los aposentos, el cuarto con la ducha apretada y el inodoro y la sala. La seguí, aunque para entonces ella se había convertido en una figura borrosa.

Mis ojos, o lo que fuera que me otorgaba la vista, se sintieron atraídos hacia los lados del pasillo. Un inquilino anterior, de quien supe que también había muerto, había pintado todo un arrecife de coral en la pared, con anaranjadas y amarillas anémonas de mar y púrpuras y rojos peces globo y un cangrejo ermitaño en pardo oscuro y un conjunto plateado de peces en la distancia, y muchos tentáculos azules y amarillos.

Yo supe que la pintura estaba ahí antes de que reveláramos completamente sus contornos. Se encontraba bajo dos capas de color champaña de imprimación y pintura. El propietario había pensado que todo ese rollo era un detrimento al atractivo de la unidad para el próximo ocupante, pero había sido un anzuelo para mí: Me dirigí hacia ese estrecho pasillo, seducido por el patrón cuadrado del piso de mosaicos, y dos formulaciones de sensaciones llenaron mi mente, el jazz en caída de un piano sobre un salpicón de caracolas y el contrapeso del sabor emergente de agua marina. La primera vez que entré al lugar vi la pared y entendí que en sus leves insinuaciones de color estaba su alma. Le pregunté al propietario sobre el paisaje marino, y él encogió los brazos: "Sí, he tratado de cubrirlo con pintura, pero vuelve a salir. Puedes usar un color fuerte si quieres. Te reembolsaría el costo de la pintura".

Meses después, invité a unos amigos, gente rara que vivía del producto interno bruto de las abstracciones, a una de nuestras celebraciones de tradiciones marcadas por dejos de ironía. Yo había abierto el horno para poner al descubierto un pájaro bronceado. El vapor bullía, incrementando el aire húmedo que se quedaba atrapado en esos techos bajos. El rocío había formado una capa sobre la larga pared en champaña, tornando la pintura más translúcida. Noté las marcas gruesas en la pared. Le dije a mi amigo Damián, un poeta demasiado tímido como para leer su obra, a menos que estuviera hecho una mierda bajo la influencia de alguna substancia.

"Definitivamente hay algo ahí", dijo.

"¿Qué crees que es?"

"Un mensaje en código".

Lo miré sin palabras.

"Sabes, piénsalo un poco", reflexionó. "Somos gente de reemplazo. Son los edificios que están vivos".

En las próximas semanas me ocupé de sacar esos trazos hacia la superficie. Instalé humidificadores y los puse a toda máquina. Abrí las válvulas de vapor de la calefacción. Yo mismo sudé volviendo a trazar las líneas. Mi novia Rena llegaba a ayudarme en las noches cuando ella descansaba de trabajar en su tesis doctoral. Logramos dibujar las líneas de pálido azul y las conectamos, hasta que tuvimos un panorama del lecho marino. Yo tenía planes de llenarlas de color, pero nunca lo hice, especialmente después de que nuestra relación se desbarató a causa de nada.

"¿Qué crees que ella quería decir?" —me preguntó Rena una noche.

"¿Qué te hace pensar que fue una 'ella'?"

"Que un hombre nunca lo hubiera profanado…" Su voz se apagó.

"No sé. A veces la artista no sabe lo que ella quiere decir".

Esta historia personal me vino a la mente cuando doblamos por el pasillo, porque yo podía ver el arte panorámica a todo color. Tenía un tono luminiscente. Bailaba con la fluctuación de las olas en la superficie. Yo me apuré a mirar la esquina donde estaba la firma del artista y la pude leer, pero no pude recordar ese detalle luego en la seca realidad de la vigilia.

Mi guía esperaba. Recuerdo notar sus ojos, ni vivos ni muertos. Creo que me infundió algo de su energía, de manera que pude permanecer a través de todo lo que vendría. La seguí hacia afuera por la puerta principal, pero en vez del pasillo usual nos movíamos, o flotábamos, a través de un túnel de suaves tejidos que brillaba como el interior de la cáscara de un albaricoque. Lo visualicé como una cueva, pero sospecho que era un órgano y que sus rugosidades eran las paredes corrugadas de un cordón umbilical.

Salí hacia un claro en el bosque. Sentí el brazo sudado de un hombre poner un candado alrededor de mi cuello y apretar. Este no era un abrazo amistoso; tenía la fuerza del desdén o del odio encarnizado. Me dije que no podía realmente morir en ese reino porque yo no pertenecía en él. O tal vez moriría para siempre. No lo sabía.

Mis pulmones eran sacos mojados cuyas paredes se replegaban en sí mismas. Busqué sus ojos y no la pude encontrar. Traté de hablar y solamente un sonido de ahogo salió de mí. Grité en mi mente, pero no podía esperar que nadie me oyera. Mis extremidades habían despertado a la existencia sólida, solamente para convertirse en capilares exorbitantes que contenían libras de sangre. Usé cualquier restrojo de fuerza para imaginar dedos y uñas en mi campo visual y apretarlas como garras en ese brazo. Oí una risa de burla detrás de mí. Me sacudí y revolqué hasta que fui tirado hacia adelante y caí con un plas sobre el lodo.

Sentí, o imaginé, el látigo. Llegó a mí con ferocidad y más veces de las que quería contar, y puntualizó mi conciencia con el veneno del dolor. Mi espalda a pelo tocó la cera derretida de mil velas y mi cabeza se llenó de agua hirviente. Traté de correr y recibí una patada en las costillas. Lo último que vi fue su rostro dulce, el cual reconocí por sus ojos sapientes; en ese entonces, ella era joven, una flor que había recién abierto sus botones. A ella la arrastraban otros brazos. La oscuridad cercaba mi plano de visión.

Yo caía y caía, esperando el golpe seco, pero no hubo ninguno. Paré de descender y terminé acostado en completa oscuridad sobre una superficie mojada y dura que rechinaba. Pensé que estaba mareado, y tal vez lo estaba. Todo el suelo se mecía. Yo podía darme cuenta de que las paredes curveaban sobre mí. Mi estómago revuelto me daba una sensación de las limitaciones del espacio a mi derredor. Los ecos, primero de sonidos amortiguados y después de murmullos, tomaron forma como gemidos y me dieron a entender que no estaba solo. Me sobrecogió el creciente hedor de sudor, agrio y pungente, el vaho a podrido de la orina, el vómito repugnante, y las heces. ¿Dónde estaba? ¿Quién era ella? Empecé a vomitar sobre mi cara y a ahogarme con esa mugre. Me volteé y sentí el peso del metal que abrazaba mis tobillos.

Deseé la muerte. Percibí algunos ruidos de otros mundos que solamente puedo comparar con pianos rotos, viento que forzaba su paso por tráqueas rotas y un tipo de percusión que me hacía pensar en gruesos mazos que golpeaban piel humana. Todos los sonidos discordantes fueron superados por la violencia de las olas salpicadas, en algún lugar mar afuera. Yo era un compendio de dolor que se retorcía. Elevé una plegaria hacia toda la vida para que todo cesara y me llegó una sensación que interpreté como si me dijeran, "Todavía no".

Donde fuera que me encontraba después, la luz me cegó y añoré la humedad de ese armatoste fétido. Estos rayos quemaban la conciencia y hacían que la cara misma se quisiera cerrar, hasta que nada más doliera. Hilera tras hilera tomó forma ante mí. Yo pisaba con mis pies descalzos sobre las bruscas orillas de fibra. Agarraba algo en mi mano derecha, y daba hachazo tras hachazo; el sudor emanaba de cada poro; un calor embotado se levantaba de la corteza de la tierra. Había muchos de nosotros, y adelante un campo de tallos que extendía hasta los fines de la tierra. No podía mirar atrás. No podía parar. Todo lo que quería era dar hachazos y perderme en ese movimiento.

Oí a un hombre gemir.

¡Uooooaeeeeeaaaaaaa!

¡Uooooaeeeeeaaaaaaa!

¡Uooooaeeeeeaaaaaaa!

Anteanoche tuve un sueño

y anoche soñé otra vez,

y esta noche sueño otra vez,

y digo que el sueño e' verdadero.

¡Uooooaeeeeeaaaaaaa!

Un coro de mujeres se unió al estribillo. No recuerdo qué cantaban ni en qué lengua armonizaban. No importaba. Sus voces me consolaban.

173

Entonces la vi en su totalidad. Ella era un árbol de papaya que había crecido y madurado, pariendo frutas elongadas que hacían torcer el tronco con su densa pulpa. Yo me había vuelto todo manos, sintiendo la más suave brisa en las puntas de mis dedos. Me enmarañé con el árbol, escalando su tronco y comiendo de él a la vez. Yo era un lagarto sobre una planta lasciva. Entonces fui el árbol con la pulpa anaranjada, el árbol con su tallo poderoso, sus extremidades, sus flores de amarillo pálido. Morí de placer antes de abrir mis ojos, estos ojos, y ver que ella no estaba.

Cornejo rojo

El hombre sale al pórtico de la que era tu casa y se detiene donde algunas tardes te sentabas a mirar los cúmulos formarse, hasta llegar a ti hechos ráfagas. Espías desde el asiento de tu vehículo mientras cae otro de esos aguaceros que decías extrañar. El hombre fuma, una expresión vacía en su rostro, y piensas que no te gusta esa camisa a cuadros azules que lleva sobre sus jeans destemplados. Habías imaginado este momento, pero veías una familia, un padre más joven que tú, correteando a su niño, y a una mujer en vestido ligero que sonreía e ignoraba su felicidad.

Encuentras a un viejo solitario, que supones asmático, mirando al horizonte.

En tus días más oscuros te acordabas, desde aquella ciudad de nubes dispersas adonde ahora existías, del árbol que plantaste, de aquel cornejo que florecería cada año, y lo pensabas cual erupción rojiza y de retoños tiernos sobre el verdor del pasto. Recordabas aquella tarde de marzo, después de corretear a tu niño por el patio. Tu mujer sonreía y todo era promesa. Habías cavado y habías dispersado la raíz y le habías echado agua sin pensar que no te pertenecía ese lugar, que nada era cierto.

Ves una cicatriz en la tierra, como la que deja la añoranza en el pecho.

El árbol no está ahí y sabes que aquella tarde no volverá. Sacas el hierro y ves en la superficie niquelada del cañón tu imagen distorsionada.

Bibliografía

Ramos, Víctor Manuel. "A Time to Leave." *The Island Review*, Abr. 2017.

---. "Merry-Go-Round." *Hiedra Magazine*, no. 6, Spring 2016, pp. 79–81.

---. "Post Mortem." *ViceVersa Magazine*, Ago. 2019.

---. "Práxedes." *Apogee Journal*, no. 9, Jun. 2017, pp. 48–55.

---. "Welcome to the Fatherland." *The Piltdown Review*, Dic. 2018.

Sobre la cubierta

La cubierta reproduce en su trasfondo la pintura titulada *Cuando Calienta El Sol*, un collage en acrílico del artista Freddy Rodríguez, dominicano, que estuvo radicado en Nueva York, Estados Unidos, por la mayor parte de sus años creativos. Esta obra, creada en 1990, es parte de la serie retrospectiva *En Esta Casa Trujillo Es El Jefe*, en que el artista considera la historia dominicana como generador de reinterpretaciones en el destierro.

Rodríguez, nacido el 2 de diciembre de 1945 en Santiago de los Caballeros, República Dominicana, completó su formación artística en Nueva York, donde absorbió influencias del expresionismo abstracto, el minimalismo y el pop, encontrando su sendero en una realidad compleja que además de tocar sus raíces históricas fusionó motivos de la literatura latinoamericana y los eventos de su presente al cruce del milenio. Rodríguez fue el creador de un monumento erigido en el vecindario de Rockaway Park, Queens, en memoria de los fallecidos en el accidente del Vuelo 587, que iba de la Ciudad de Nueva York a Santo Domingo, República Dominicana, en noviembre de 2001. Rodríguez plasmó una serie de lienzos que capturó la belleza destructiva del maremoto de 2011 en Fukushima, Japón, y que se exhibió en el Instituto Cervantes en Tokio en 2013. Sus obras forman parte de las colecciones del Smithsonian American Art Museum y de la National Gallery of Art, ambos en Washington, D.C., y se han incluido en exhibiciones de instituciones como el Museo de Arte Moderno de Santo Domingo, el Museo Ralli en Santiago, Chile, y el Whitney Museum of American Art de Nueva York. Él dijo de su arte que era "la suma expresión de libertad" y su manera de explorar "nuevos territorios y posibilidades". Rodríguez falleció el 10 de octubre de 2022 en Queens, Nueva York.

Del mismo autor

Morirsoñando
Cuentos agridulces, 1998-2008

Víctor Manuel Ramos

La vida pasajera

Víctor Manuel Ramos